OCEAN WAVES

海がきこえる

氷室冴子

イラスト
近藤勝也

第一章

フェアウェルがいっぱい

いろいろ問題はあったけれど、やっぱりすべては里伽子《りかこ》に戻ってゆくんだと思う。

その年の三月に、ぼくはうまれて二度目の東京の土をふんだ。というか羽田についた。ある私大に合格して、〝上京〟したというわけだ。

市役所づとめの母親が有休をとって、ついてきた。田舎出《いなかで》の母子《おやこ》ふたり、人波に押されてモノレールにのった。電車にのりかえた。

あまりのぎゅうぎゅうぶりに啞然《あぜん》としているうちに、池袋でおりた。また電車をのりかえた。なんども階段をのぼりおりしたので、えらく疲れてしまった。

ぼくらが最終的に降りたのは、石神井《しゃくじい》公園だった。

母親が地図を片手に、駅から歩いて15分くらいのところにある『メゾン英《はなぶさ》』をいっぱつで発見した。たいしたもんだ。

東京に住んでいる遠縁のオバサン（父さんの姉の夫の妹、らしい）に、金額とか条件なんかの希望を伝えて、探してもらったアパートだった。

築13年で、管理費こみで6万8000円。ぎりぎり6万円台だ。

二年前に内装し直したとかで、キッチンが2畳《じょう》くらいのクロス張り。そのむこうに7畳くらいのウナギの寝床ふうフローリング。東むきの窓は出窓で、すこしはイマふうだった。

（月6万円台で、この程度の部屋か。さすが東京は物価がたかいなァ）

と内心あきれたけれど、まあ、こんなものだろうという気もした。

宅急便で送ってあった布団袋と、ダンボールがいくつか、部屋の中にごろんと置かれていた。母親はてきぱきと掃除《そうじ》していった。ぼくはただ、なんとなくウロウロしていた。

その日は、お堀端ちかくにひっそりと建っている地方公務員用の厚生施設というか、そのわりに、みた目はけっこうシティホテル並みの豪華《ごうか》な会館に泊まった。

バスタオルもないアパートでは落ちつかないから、初日だけは、ちゃんとした設備のところに泊まろうという母親の判断だったのだけれど、それは正しくて、メシを喰《く》ってシャワーを浴びたころには、どっと疲れがでていた。

ハメ殺しの大きめの窓からは、森のようなこんもりした皇居の緑が、遠くにみえた。そのまわりを尾をひくようなテールランプがぷかぷかと浮かんで、光っていた。

宙をとぶ光の群れを、窓ごしに眺《なが》めながら、感動的な東京の夜やなァと、ぼくは感激していた。東京の夜は、きれいやとほんとに思った。

春の海にぽっかり浮かぶ釣《つ》り舟《ぶね》のあかりみたいに、それは淋《さび》しい美しさに満ちていた。ひっきりなしの車の音は、波の音のようにも聞こえた。ぼくはなつかしいものに触れたように、いつまでもいつまでも窓ぎわに立って、外を眺めていた。

東京到着の第一夜は、そんなふうだった。

翌日から、ぼくらは『メゾン英』にうつって、地方から上京した母子がする、たいがいのことをした。つまり新学期にそなえて、猛烈《もうれつ》な勢いで買物をしまくったのだ。炊飯器《すいはんき》だトースターだ鍋《なべ》だベッドだと、あらゆるものが次々と運びこまれた。できあいカーテンを買ってきて取りつけ、ガーガーと掃除機《そうじき》をかけた。

母親が毎朝、駅まえの銀行にいって、カードで5万10万と引きだしてくるのを、ぼくはただただ感謝にみちて眺めていた。

なんにせよ、これまでの十八年間の人生のなかで、

（あー、子どもってのは、親の金くって生きちゅうがやなぁ）

としみじみ感じいったのは、このときが初めてだった。

うちは両親とも公務員で、そんなに金がないわけでもない。しかし、このあと、ふたつ年下の弟もいることだし、これから数年の息子どもの教育費をおもうと、たとえ駅から歩いて15分でも、築13年のアパートでもオンの字というものだ。

「いろいろ、世話になりました」

明日は母親が高知にかえるという夜、ぼくはうすっぺらなフローリング床に正座して、ぺこりと頭をさげた。

おもえば親にデスマス体でお礼をいったのも、このときが初めてだった。

「まあ、これだけ、いちどきにお金つこうたら、使い疲れするねぇ」

母親はなんとなく疲れたような顔で、すこし淋しげに笑った。

この数日間だけで、なんだかんだで万札が30枚は消えていったはずだから、声にも実感がこもっていた。ぼくもムハハとむなしく笑った。

母親はぐるりと部屋をみまわして、

「これだけ揃《そろ》うたら、ひととおり、生活するのに不便もないろう。もっとえいトコに移りたいとか、えい家具そろえたいとか思うたら、あとは自分でやんなさいよ。遊んでもなにしてもかまんけど、仕送りは12万やきね。あとは、自分でするがぞね」

まるで、新規採用の後輩公務員にいうようなことをいった。

「うん。バイトやって、優雅《ゆうが》に遊ぶき」

とぼくは笑ってこたえた。

まあ、いろいろ慣れんことはあるけれど、とりあえず自由になるというのはいいことや。

入学するまではヒマだし、バイトやって、軍資金でもためておこうかとウキウキしながら、その夜、ぼくはすこやかな眠りについた。

翌日の昼過ぎ、ぼくは茫然《ぼうぜん》として、ひとりベッドに腰かけていた。

寝坊して起きてみたら、すでに母親はひとりで帰ったあと。

朝イチの飛行機で帰るという母親を送っていくつもりでいたのに、たくましい母親は眠っている息子をそのままにして、びっしり注意事項をかきこんだメモ３枚をのこして、姿を消していたのだ。

息子べったりの母親ではないのは助かるけれど、困ったのは、ひとり残された息子のほうだ。ひとりになってみると、

（ここは、どこ。ぼくはだれ）

という状況だ。

ぼくは、おのれの住んでいるアパートが、東京という都市のどこらへんにあるのかさえ、知らんかった。知っちゅうのは、羽田と池袋と、石神井公園だけや。

しょうがない、土地カンやしなうために地図でも買おうかと、１万円札をポケットにつっこんで、駅まえの書店にいった。

ひとりになって初めて歩く街は、こぢんまりした、学生の多い、住みやすそうな街に思えた。食べもの屋がやたらと目について、まあ栄養方面だけは安心やと、ヘンなことを思ったりした。

春休みで帰省の学生も多いみたいで、書店は思ったより人少なだった。ずらりと並んだ地図のタナから、東京都内の地図をとった。

レジにさしだすと、大学生のバイトらしい男が、ちらりとぼくを見て、

「これ買っとけよ。便利だから」

一瞬、
レジの横につみあげてあるぴあマップをさっさと紙袋にいれて、レジを打った。

（あ、そんなもんいらん）

といいそうになったけれど、この辺に住んでいるバイト学生なら、同じ大学の学部の先輩かもしれない。とりあえず、おとなしくしておこうと考えなおした。それは正しくて、彼は同じ大学の先輩だとあとで知った。

「どうも」

ぼくは礼をいって、近所のコンビニで、鍋焼《なべやき》ウドンセットやパンを買ってアパートに戻り、夕方まで、じっくりと地図をながめて方向感覚をつちかった。

ようするに東京というのは、ぼくが育った海辺の街クラスのやつが、いくつもいくつも集まってる巨大な街の集合体なわけや。

ビジネス街も、官庁街も、商店街も、高級住宅地も、桟橋《さんばし》も、ぼくの育った高知市では、

ひとつの街にちゃんと収まっていた。東京というのは、それが街ごとに分かれていて、くっつきあいながら増殖《ぞうしょく》しているような所だ。

地図でみるかぎり、川もあるし、海もあるし、山もあるではないか。

それだけあれば、じゅうぶんやと納得したところで、とりつけたばかりの電話がルルルと鳴った。


夕方の6時すこし前だった。

朝イチで帰った母親が、午後から市役所に出て、自宅に帰ってくる時間どんぴしゃりだ。

「もしもし、杜崎拓《もりさきたく》？」

母親からだろうと思って受話器をとったのに、聞こえてきたのは、ヘンに気取った男の声だった。

一瞬、だれがここの電話番号を知ってるんだとウス気味が悪かったが、つづけて、なつかしい土佐弁が流れてきて、一発でわかった。

「拓か？　拓やろ？　おれちや、おれ。山尾《やまお》やー」

「アサシオか」

電話の主は、かつてのクラスメートの山尾忠志《ただし》であった。

山尾はアサシオとよばれていた。郷土がほこる関取、アサシオの体型によく似た肥満体だったからだ。ばかばかしいほど呆気《あっけ》ないけど、しかしリアルなあだ名や。

「おまえ、どうして、ここの番号しっちゅうが」

「ばかたれ。おまえの母親に聞いたがよ。そろそろ、おまえが出てくるころやろうと思うてよ。この4、5んち、ガンガン、おまえん家《ち》に電話かけよったがよ。いまさっき、おばさんが電話にでてよ。そこの番号、きいたわけよ。なつかしーなー、拓ゥゥゥ！」

「なんだおい。ホームシックかよ」

ベッドにすわって受話器を耳に押し当てたまま、ぼくも声をはずませた。やっぱり懐《なつ》かしかったのだ。電話のむこうで、アサシオはごくんと息をのみ、

「うん。おれ、さびしゅうてよォ。拓ゥゥゥ！」

芝居《しばい》じみた情ない声で、また吠《ほ》えた。なつかしさのあまりか、お国言葉まるだしだ。

アサシオ山尾は、ぼくもすっかりホームシックになっていると思いこんでいるみたいで、とたんに饒舌《じょうぜつ》になって、しゃべりだした。

「合格きまったとたんに、母親が浮かれてよ。自分が遊びたいもんやき、二月の末に、こっちでてきてよ。まあ、寒いの寒くないので、風邪《かぜ》ひいてしもうた。おれが寝こんで、ウ

ンウン唸《うな》りゆうに、母親のやつ、ひとりで歌舞伎座《かぶきざ》だ買いもんだって遊びまわったあげく、ババアから、親父《おやじ》が例の、ほら、美人の看護婦つれてゴルフいったち連絡きて、ヒスおこして帰っちまってよ。おれ、泣けたぜ。おまえ、がらんとした部屋で、ひとりで寝ゆうと、人生いやんなるで。知り合いは、ひとりもおらんしよ」

「そりゃ、わかるよ」

「でよ。どうしようもないき、カワムラに電話で泣きついて、ウチの大学の先輩、紹介《しょうかい》してもろうたがやけんどよォ」

「おまえ、なんかっちゃあ高知に電話しゆうがか」

ぼくは呆《あき》れて、思わず非難がましい口ぶりになった。

カワムラというのは、高知の高校のぼくらの六年ときの担任で、あまり、好きなやつではなかったのだ。

こうして、めでたく大学生になってみれば、高校のときの恨《うら》みツラミも、山のあなたの空遠くだが、しかし、思いだすと憎《にく》たらしいやつのひとりには違いない。

「カワムラなんかに、泣きごというなよ」

「けんど、しょうがないじゃんか。おれがこっちきて、一番最初に買《こ》うたが、なんか知っちゅうか」

「東京の地図だろ」

すましていうと、電話のむこうで一瞬沈黙があった。

「どうして知っちゅう」

心のそこから驚いて、感心したようにアサシオがいった。

「そうながよ。おれ、こっちきて、ほら、親父がよ、ゴルフで知りおうたっちゅう不動産屋のクソ社長にまるめこまれて、買ってあった中古マンションな、羽田から、タクシーでそこまで直行したきねぇ。どこがどこだか、わからんがよ。こっちきて、半月は寝よったし。渋谷の神泉《しんせん》てとこながやけんどよォ」

「もしかして、そいつは一等地じゃないか」

ついさっき書店で買って、じっくり眺めたばかりの東京都内の地図を思いうかべてみた。神泉といえば、山手線《やまのて》の内側にかぎりなく近いところではないか。たしかに一等地だぞ。

「おまえんち、なんだかんだゆうて、ボロくもうけゆう医者やも。そういう話、ききとうないな。クラい気分になるで。おまえ、もう電話すな。今日から他人や」

冗談《じょうだん》半分でガハハと笑いながら、つっぱなすようにいってやった。もっとも、すぐに後悔《こうかい》した。

体力がなくてナーバスになっているヤツを相手に、ウカツなことをいうもんじゃない。

電話のむこうで一瞬、アサシオはショックをうけたように黙りこみ、

「拓は、元気じゃんかよう」

恨みがましい泣きべそ声がきこえてきた。ほんとにショックをうけたみたいで、あわててフォローしようとしたとき、アサシオがムッとしたようにいった。

「やっぱり、あれか。リカちゃんと連絡ついちゅうき、元気で盛りあがってんのか。ちくしょー。あいつは、もともと、こっちが地元やしな。おまえ、そうやろ。浮かれちゅうがやろ。男の友情より、オンナかよ、くそー」

「なんでここに、武藤里伽子《むとうりかこ》が出てくるがな」

ぼくは用心深くいいながら、すこしドキドキした。

人の名まえというのは不思議だ。

卒業式前後のどさくさで、すっかり忘れていた高校の教室とか、夕暮れのグラウンドとか、自転車に乗ってかよった通学路とか、そのときのさらっとした潮風の匂《にお》いなんかまで、一瞬のうちに、どうっと甦《よみがえ》ってきてしまう。どうしようもなく切ない気持ちになってしまう。

「あいつは、地元の国立バリバリ、高知大うかったろ。ずっと、あっちぞ」

「なに、いーゆうがよ、拓。え、じゃ、知らんかったが？」

アサシオは根がすなおだから、意地悪をいうとか、嫌味《いやみ》をいうというのではなしに、純《じゅん》粋《すい》にびっくりしているようだった。

「リカちゃんはさ。母親の手前、高知大受けといて、ウラで、東京の父親とツーツーだったらしいで。国立の試験のあと、友達と卒業旅行にいくとかなんとかゆうて、東京にきてさ。こっちの大学うけてたんやと。母親になんもかも隠《かく》しておいて、卒業式のあとのドサクサで、サーッとこっちに来たらしい」

「ほんとか、それ?」

「おうよ。おれ、さびしいもんやき、毎日毎日、高知に電話してよォ。むこうの居残り組も、ヒマじゃんか。おれらがいなくなってからのニュース、がんがん話してくれるぜ。いまの話、リカちゃんと仲よかった小浜《こはま》がいいよったき、確かな話で。もう、一週間もまえに聞いたぜ、その話。拓、聞いちゃあせんがか」

「聞いてない」

「こっち出てくるまで、なにしよったが、おまえ」

ぼくは言葉もなく、うなだれた。

東京に発《た》つというので、この半月あまり、ディスコだ居酒屋だカラオケボックスだと、まいにち居残り組と出歩いて、別れを惜《お》しんでいたのだ。午前0時前に、家に帰ったことがなかった。

出歩く連中のメンツは、なんとなく決まっていて、まちがっても里伽子と仲のいい小浜とか、そういう女子連中とはクロスしない。だから、そんな情報なんか、耳にはいるはずもなかった。

そう、ぼくもこっちに発つ前に、里伽子に連絡をとろうかと考えないこともなかった。

いやいや、正直いうたら、連絡しようかとちらっと考えたりもしたけれど。

しかし、連絡をするなら、里伽子からするのがスジというもんだ。

里伽子と最後に口をきいたのは、たしか学園祭の最終日——だから去年の十一月四日ということになる。あのとき里伽子は思いきり、ぼくを平手うちした。あげくに、

「ばか。あんたなんか最低よ」

と罵《ののし》り、口もききたくないときっぱり断言した。

あれ以来、ぼくらは口もきいていない。そもそも、ぼくらの間柄《あいだがら》は、アサシオが想像するようなもんじゃなかった。ぜんぜん、そういう仲じゃなかったのだ。

だから、いよいよ東京に発つという前夜だって、もちろん電話なんかはしなかった。

高知空港を発つときに、居残り組の元クラスメート女子４人と、男が３人、見送りにきた。

最初に女子のひとりが泣きだして、おかげで男連中もシンミリしてきて、こっちもなん

となく照れくさくて、夏休みに里帰りしたときにクラス会やろうぜとか、いいかげんなことをいってヘラヘラ笑いながら、視線をフラフラさせていた。

そのついでに、ぼんやりとドアごしにタクシー乗り場に視線をさまよわせたりも、したけれど——里伽子の姿はなかった。当然だ。あいつが見送りにくるはずがないもんな。

おたがい大学生になって、ぼくは東京、里伽子は高知という物理的な距離もあることだし、ホントにこれきりなんだなァと納得して、ぼくはチェックゲートをくぐった。

それきり、里伽子のことは忘れていた、と思う。

そのときすでに、里伽子が東京にきているとは、思ってもみなかった。

そうか、そういうことだったのかとぼくは最初のショックがおさまってくるにしたがって、すこしずつ、おかしくなってきた。

里伽子はそうやって、またひとりでやっちまったのか。


「おい、拓ちゃんよ。聞きゆうか。まあ、元気だせって」

電話のむこうで、なんだか急に気力をとりもどしたように、アサシオが大声でわめいた。

「そのうち、リカちゃんから連絡くるぜ。リカちゃん、おまえ追っかけて、こっちに出てきたがかもしれんぞ」

「おまえ、平和だよなあ」

ぼくは思わず吹きだしてしまった。そのあと急激にアサシオのしゃべりに興味がなくなってしまって、自分でも薄情やなーと思ったが、まあ、しょうがない。10分ばかり、あたりさわりのない話題にフッて、近いうちに会おうと約束して、電話をきった。

ぼくはベッドにごろりと横になって、ぼんやりしていた。しばらくして、ふと思いついて立ちあがり、押し入れにつっこんだままのボストンバッグをひっぱりだして、ぼくらの卒業者名簿《めいぼ》をとりだした。

ぼくは卒業のときにとりきめた東京支部の同窓会・初代幹事にさせられて、だから、ちゃんと名簿をもたされたのだ。

高知の小浜祐実《ゆみ》の家の番号をたしかめて、受話器をとりあげてボタンを押した。すぐにおばさんが出た。

「あら、杜崎くん？　まあまあ、元気？　いつ東京にいくの？」

えらく呑気《のんき》なリアクションだった。

もう東京にきていて、この電話も東京からで、同窓会のことで小浜とちょっと——と口ごもると、小浜はおとといい、神戸に出発してしまったという。

そのとき初めて、あのまるっぽい顔をした、白パンみたいに柔らかな顔をした、かわいい小浜祐実は、神戸の女子大にいったのだと知った。

神戸の連絡先をきいて、切ボタンを押しながら、まるでちょっとした別れのシーズンやなぁとしんみりしてしまった。

四国の高校生なんて、へんなものだ。居残り組、京阪神組、東京関東組と、日本全国にちらばってしまう。例外は、北海道と沖縄《おきなわ》くらいのものだが、それだって毎年ひとりやふたりの変人がいて、ちゃんと北大とか琉球《りゅうきゅう》大にいってしまう。

ぼくは用心ぶかく、教えてもらった小浜の下宿先の番号を押そうとして——

なんとなく思いなおして受話器をおいてしまった。今さら、小浜に電話して、里伽子のことを聞いたところでどうなるものでもないもんな。

腹がすいているのに急に気がついて、ぼくは買ってあった鍋焼ウドンセットをガス台にのせた。

ウドンができる間、なんということもなく、床に広げてあった地図をながめていた。気がつくと、〝成城《せいじょう》〟という街をさがしていた。

そこは、里伽子の父親が住んでいる街だった。里伽子が東京にきているとなると、やっぱり親父さんのマンションにいるのだろうか。

成城という街名はすぐに見つかったが、ようするにそれだけのことだった。くわしい住所もしらないいし、電話番号もしらない。

ウドンが煮《に》たったので、ガスの火をとめようと立ちあがり、目がふと、床の一点でとまった。写真が一枚、おちていた。

それは、ほぼ一年前の五年生の修学旅行のときに、ワイキキの浜辺で、4組の須田《すだ》がかくし撮りした里伽子の写真だった。旅行のあと、男子の間をかけめぐったマル秘の写真帳のなかで、一番人気だったやつだ。

白地に黒の水玉もようの水着で、水着そのものは平凡《へいぼん》だったが、里伽子の体はいやに肉づきがよくて——つまりナイスボディィってやつで、男子の間では、けっこう話題になった。

ナイスボディというんなら、1組の沢田美恵《さわだみえ》とか、5組の桜庭久美子《さくらばくみこ》がいたが、彼女たちは制服を着てるときからナイスボディだった。

ところが里伽子は制服姿だと、やせたスリム体型なのに、水着になると、あれっと思うほど迫力あるサイズで、なおさら人目をひいて、売れに売れた写真だった。

(なんで、こんな写真がこんなとこにあるがな)

写真をひろって眺めながら、ちょっとボンヤリした。ボストンバッグから名簿をだすときに、なにかに挟《はさ》まっていたのが出てきたがかな。

写真のなかの里伽子は、ひどく不機嫌《ふきげん》そうだった。膝《ひざ》をかかえて、絵ハガキみたいな青い海をぼうっと眺めていた。

一月の末だというのに、ハワイの海は抜けるように青すぎて、まるで合成写真みたいにリアリティがなかった。

それでも、この写真のなかの里伽子の、へんに思いつめた顔だけはリアルだった。

望遠レンズをつかったわけでもないのに、ここまで間近に、里伽子の姿をとらえることができたのは、須田ってヤツがこの日のために、双眼鏡《そうがんきょう》にカメラが組みこまれたやつを、雑誌の通販《つうはん》で買ってあったからだ。あいつは、さも双眼鏡で遠くの海を眺めるふりをして、かたっぱしから、水着姿の女子をバシバシ盗み撮りしていたのだ。

里伽子の写真をオカズにウドンをすすってるうちに、ふと、修学旅行の宿泊先のホテルのロビーで、里伽子によびとめられたときのことを思いだした。

里伽子とまともに口をきいたのは、あのときが初めてみたいなものだった。

今から思えば、あれはとても象徴的なことではあった。

里伽子がぼくに声をかけたのは、ちゃんと目的があったからで、恋愛《れんあい》というか、つまりその好きだとか、そういうんでもなかったのだ。

好きでもなんでもなかったというのが、今さらながら身にしみてきて、ぼくはふと、も

う二度と、里伽子には会えないだろうなという予感がした。

春から、おなじ街（というか大都市だけども）に住むとわかっていて、里伽子からはなんの連絡もない。

里伽子にかぎって、てれているとか恥《は》ずかしいとか、そんなことはありえない。

連絡がないのはつまり、連絡するつもりがないからだ。

地図をみなければ、どこがどこだかわからない東京で、里伽子と偶然《ぐうぜん》に再会するのは、砂浜で落とした小粒のダイヤモンドを探すみたいなものだ。そう、偶然の再会なんてことは、基本的にはありえない。

写真の里伽子を見ているうちに、いくつかの里伽子がいるシーンが甦ってきた。

六年生になって同じクラスになったことや。ゴールデンウィークの小旅行や。ふたりで泊まったホテルや、いろんなことを。

ぼくにはわりに楽しかったり、驚いたりもしたいくつかのことも、里伽子には、なんの意味もなかったわけだな。

それはなんだか、すこしばかり淋しいことだった。

ぼくはそのとき初めて、里伽子をすごく好きだったことに気がついて、とりかえしのつかないような哀しい気持ちになった。

第二章

マン

武藤里伽子は、ぼくが五年生の秋（正確には九月）に、編入してきた転校生だけれど、それは異例といっていいことだった。

ぼくの住んでいた四国の高知市は、人口30万ぐらいの小都市だ。

街の中心部に、高知城がある。つまり城下町というやつだ。

地元豪族《ごうぞく》の長曾我部《ちょうそかべ》一族がいて、そこにあの、奥さんで有名な山内一豊《やまのうちかずとよ》が入ってきて、江戸時代はずっと山内一族のもとで城下町として栄えて——といった歴史を、四年生の日本史のときに、とっくり教えられる。

けどまあ、世間が知っちゅう全国スターは、坂本竜馬《さかもとりょうま》が一番だろうと思う。街はゆったりしていて、ぼくは好きだった。

好きといっても、他の街をぜんぜん知らないのだから、呑気なものだ。

街の東西をつらぬいて流れる鏡川《かがみがわ》が海に注いでいて、その川を越えたあたりに、ぼくが六年間かよった学校があった。

中・高の六年間一貫《いっかん》教育がウリの私立の名門校で、県下一の進学校、と世間ではいわれていた。

市内の生徒たちからは、お坊お嬢《じょう》の学校とみられていた。そういう雰囲気《ふんいき》も、たしかにあったような気がする。

小学生のころから塾《じゅく》にゆくのはあたりまえ、家庭教師についてたやつらも数しれず。両親とも大卒で教育熱心で、家庭教師をつけるくらいは余裕《よゆう》のある家庭の子――というのが平均的な生徒像だった。

中等一年、二年、三年ときて、高等四年、五年、六年という呼び方も、けっこう特殊《とくしゅ》でエリートっぽい。街のレコード屋なんかで、

「今度の体育祭で、五年生がよぅ」

なんて会話をしていれば、たとえ制服を着てなくても、

（あいつらは、あそこの学校だ）

というのがわかる仕掛けになっていた。すましやがってとカゲ口をたたかれても、しょうがないところは確かにあった。

一学年は２００人ぐらいで、六年間も顔をつきあわせていると、おなじクラスにならなくても、顔は見知っている連中ばかり。身内意識もつよい。

ウチの女子が、県立第一のやつらと付き合ってると聞くと、とうの女子がよほどのブスでないかぎり、

（おれらの女に、手をだされた）

みたいな感じがしてムカつくし、おなじように、男子のだれかが、美人がおおいと評判

の土佐女子のコと交際しているのがバレると、そいつはクラスの女子にいっきにウケが悪くなる。男が、よほどのオトコブスでないかぎりは。

そういうアットホームというか狭い世間の学校だから、途中で編入してくる生徒は、それだけで目立った。

ふつう編入生は、中等三年から高等四年になるときに、一クラス分の50人くらいが入ってくる。編入試験はむつかしくて、50人のうちの半分が、トップクラスを占《し》める。彼らが、学校の名門大学の進学率を高めてくれるという筋書きだ。

里伽子が、高等五年の秋――

卒業まで、あと一年というときに編入してきたのは、めったにないことだった。

いずれ大学受験のとき、確実に、(京阪神にしろ関東にしろ)有名大学の合格者になってくれると学校側が踏んだんだろう、きっと。

事実、里伽子はとても成績がよかった。

ぼくが時期はずれの編入生のことを知ったのは、世間でいう高二の夏休み中だった。

その年の夏休み、ぼくは十七歳《さい》になったばかりで、帯屋町《おびやまち》の観光客あいての料理屋で、お運びさんと皿洗いのバイトをやっていた。

洗っても洗っても、皿は魔法のようにどんどん運ばれてくるし、中央市場に仕入れにいくような元気なおニィさんが、

「おら、バイト！　さっさと運ばんかい！」

とどなるし、ぼくはしみじみとバイト先を誤ったと悔《く》やみ、しかし悔やんでも働かなきゃ金はもらえんから、洗剤《せんざい》であれた手にせっせとハンドクリームをすりこみながら、もくもくと働いた。

五年生になってまもなく、決定保留になっていたぼくらの修学旅行先が、正式にハワイに決まった。で、夏休み中の五年生にかぎっては、バイト先の責任者のサインと、親の承諾書《しょうだくしょ》を学校にだすと、バイトが公認になった。旅費や小遣いの、親の負担を軽くするという、学校側の配慮《はいりょ》だ。

もっとも、ほんとに小遣い稼《かせ》ぎにバイトしたのは、少数派だった。旅費や小遣いのためにバイトするより、夏休み中の補習に出ろという親のほうが断然、多かったはずだ。

ぼくは夏休みに突入するとすぐ料理屋でバイトを始めて、ほとんど一日も休まず働いたせいか、八月もなかばになると、２キロほど痩《や》せた。なかなかハードな夏休みだったのだ。

そんなある日、早番《はやばん》で帰ってきた夕方に、松野豊《まつのゆたか》から電話があった。

「杜崎か？　ちょっと、学校こいや。いまやったら、まだ間にあうき。おれ、3組におるきな」

松野はそれだけをいって、すぐに電話をきった。

ぼくはくたびれて、くたくたになっていたけれど、すぐにチャリを転がして学校をめざした。どんなときでも、松野豊のことなら最優先だった。理由がなくても。

夏の暑さが頂点に達したような日の、むしむしする夕方だった。

まだ暑いひざしを受けてきらきらと光っている鏡川をよこめに見ながら、ぼくは中腰になって、腰をふってチャリをこいだ。

むんむんするような舗道《ほどう》のてり返しをうけて走るのは、一日中、冷房《れいぼう》づけになっていたぼくには、ちょっと眩暈《めまい》のするような奇妙な感じだった。

松野とぼくは、六年間で一度も、おなじクラスにならなかった。

にもかかわらず、ぼくはある時期からずっと、松野こそは親友だと思いこんでいたし、大学が別々になった今も、やっぱり気持ちのどこかで、

（松野は、信用できるやつだ）

と思っていることに変わりはない。

ぼくの年上のイトコで、地元の放送局に勤めている、えらい映画ずきのエリというのがいる。彼女はとくに西部劇が大好きで、東京の映画ファン仲間とビデオ交換なんかもやっていた。そういうのは、地方都市では充分に、オタクの資格がある。

いつだったか、女のクセになんで西部劇なんだよとなにげなしにいったら、エリは古いプログラムを胸にだいて、うっとりした目をした。

「だって、カッコいいやん。半人前のオトコが、一人前になる話やもん」

「なんや、それ。ドンパチの話だろ」

「そりゃそうだけど。西部劇は、ボーイがどうやってマンになれるかの話ながよ。ごちゃごちゃ口ばーっかりのシンキ臭い男は、いっこも出んの。身体《からだ》はってる男ばっかしで。えい男がいっぱい出てくるやん、半人前も一人前も」

エリの目には、まわりの現実の男たちはみんな、〝ごちゃごちゃ口ばーっかり〟に見えていたのかもしれない。

そのころはもう映画館に、新作の西部劇がかかるってことはなかったし、だから西部劇にはとうとう興味をもたないままだったけれど、どうやったらマンになれるか——というのは、なんとなく頭に染みこんでしまった。なにしろカッコよくて、いい響きだ。

その意味では、松野は、ぼくにとっての〈マン〉かもしれなかった。

急カーブで校門にすべりこみ、自転車置き場にチャリを放りだして、チェーンキーをかけてから、ふらふらと校舎にはいっていった。校舎はしんとしていた。

夏休み中はずっと、各学年むけの課目別講習をやっていたが、それも終わって生徒は帰り、教師はみんな職員室にいるようだった。三階の、五年3組の教室にゆくまで、だれとも会わなかった。

教室のドアをあけると、松野がいた。

窓ぎわに立って、身をのりだすようにして、中庭をみおろしていた。

すらりとした長身で、みるからに秀才っぽい松野が、じいっと下のほうを見ていると、受験勉強に悩んで、いまにも三階の窓からとびおりそうにみえた。だが、松野はそういうヤツではないので、

「おい、なんで、ヒトよんどいて」

とぼくは呑気に声をかけた。

「うん？」

松野はふりかえって、早いじゃないかとかなんとかブツブツいって、手招きした。ぼくは近寄って、松野のとなりに立ち、松野が指さすほうをみおろした。

中庭に面した一階の、職員室の窓が見えた。その窓ぎわに、女の子がいた。窓があけっぱなしだったから、よく見えた。

「だれだ、あれ」

「今度、ウチの学年に編入してくる女子やと。武藤里伽子っていうがやと」

松野はあまり感動のない、いつもどおりのボーッとした感じでいった。

「ウチって、五年生か?」

「ああ」

「五年生の二学期から編入って、あんまり聞かんなぁ」

「けど、編入してくるらしいぜ。さっき帰るとこで、ウチの担任の小杉《こすぎ》が、あの子つれて校内を案内しゆうがに会《お》うてさ。小杉がいいよった。九月から、ウチのクラスに編入するから、よろしくやと」

「おまえ、なんか興奮《こうふん》してないか?」

松野はなにいーゆーがなというように、体をおこして、非難がましく笑った。

「興奮するよ、そりゃ。楽しみが増えるじゃんか。武藤はすげえ美人だぞ」

「へえ」

とぼくも一気に興味をそそられて、身をのりだして目を細めたけれど、中庭の木が邪魔《じゃま》になって、顔までは見えなかった。

「見えんやん。職員室にのりこんでくわけにもいかんしな」

「その気あるんなら、質問がありますとかなんとかいうて、職員室いってもえいぞ。おまえ、ついてくるか?」

「えいよ、そこまでせんでも」

チラッと好奇心が動いたけれど、すぐに断った。夏休みのあいだは、職員室に行きたくなかった。補習課目をひとつもとらずに、バイトに熱中している身としては、さすがに教師と顔をあわせるのは気まずかった。

ぼくは、あのころ、ちょっとこだわり過ぎていたかもしれない。


ことのおこりは、中等三年のときだった。突然、京都ゆき三泊四日の、中等科の修学旅行が中止になってしまったのだ。

中止決定の前に、ちゃんと保護者をよんで懇談会《こんだんかい》をひらいて、保護者に根まわししてお

いてから、

「今年の中等三年の修学旅行はとりやめになりました。今後は、中・高をとおして、受験勉強にさしさわりのない五年生の時期に、修学旅行を一本化する方針です」

と全校朝礼で、校長が発表した。

親からそれとなく聞いていたことではあったけれど、やっぱりショックはショックで、ぼくら三年生はザワザワとざわついた。

校長はそんな中等科生をチラリと見てから、五、六年生のほうを向いて、

「去年の現役合格率で、わが校はとうとう、県立第一に抜かれてしまいました。保護者のみなさん、立派な伝統をささえてきてくださった先輩たちに合わせる顔がない。汚名を返上するためにも、今期はぜひ、六年のみなさんにはがんばってもらいたい。でないと、いまの三年生の犠牲《ぎせい》がムダになってしまう」

とかなんとか、えんえん演説をやりはじめた。なんだか悲壮な顔つきだった。

あとで聞いたところでは、ここ数年、新設の私立や、長年のライバル・県立第一が、どんどんノシてきていて、アセッた保護者やOBたちの突きあげもあり、学校としても、

（心機一転がんばります）

という姿勢をみせる必要があったということだ。

それがどうして、〈中等科の修学旅行中止、高等科五年生のときに一本化〉という計画につながるのか。今もよくわからないけれど、あのときはもっとわからんかった。

修学旅行を一本化することで節約できる授業時間なんかタカがしれているし、ともかく、超ばかばかしいと思ったので、ぼくはその日の放課後、クラスの有志5人と一緒《いっしょ》に、担任に抗議にいった。どちらかといえば、学園祭ノリの気楽な感じで。

ぼくはいいかげんな性格の、いいかげんな中学生で、ぜんぜん立派な考えなんか、もっていなかった。ようするに、ノリというものや。

代表はとりあえずぼくで、担任のサヤマという音楽の女のセンセーに、

「なんか納得できないです。修学旅行をやめたくらいで、みんなの成績があがるとも思えんし。ちゃんと説明がなかったし、みんな不満に思いゆうおもいます」

というようなことを、ぼそぼそとしゃべった。

すると向かいの机にいた四年生の数学教師だったカワムラが、ふいにダン！　と机を叩《たた》いて、

「そんなセリフは、全国模試で１００番以内に入ってから、いえ！」

とすさまじい勢いで怒鳴った。

ぼくはよせばいいのに、

「ぼくはこのまえ、89番でした」

といい返してしまった。つい、カワムラの勢いのある口調につられてしまったのだ。

それが絶妙のタイミングだったものだから、担任のサヤマ先生も、一緒にきていたクラスの有志も、さらにまずいことに職員室のあちこちからも、くすくすと笑い声が洩《も》れてきた。

もちろん、ぼくらはすぐに笑うのをやめて、気まずい思いで、うつむいた。

というのはカワムラが顔を真っ赤にして立ちあがり、

「おまえら、担任の狭山先生が女だと思うて、バカにしゆうがやないのか！」

とツバをとばして叫んだのだ。

それはあまりに見当違いないいがかりというもので、まあ、いかにカワムラがとんまな野郎かわかるというものだ。

あのとき以来、ケンカになったときは、ともかく関係ないことを怒鳴れば、けっこう勝てるというのを、ぼくなりに体得した。声の大きいやつも勝つ。これは絶対に真理や。

ともあれ、ぼくらはなにもいい返せずに、しょんぼりして、すごすごと職員室を出た。

しょせん中学三年生なんて、そんなものだ。叱《しか》られたら、安い風船みたいにしぼんじまうのだ。

抗議のことはそれっきり、たち消えになるものと思っていた。

（しょうがないよなあ。ま、もう決まっちまったことだし、とりあえず、いうことといったしな。おれら、やるだけやって、カッコいいじゃん。な？）

みたいな、高校野球で負けた球児みたいな心境だった。単純だったのだ。中学三年生だったから。

ところが、それから一週間ほどたってから、月曜日の定期朝礼で、校長センセの演説のあと、中等の生活指導のムラセが演壇《えんだん》にあがった。

彼は神経質そうに頬《ほお》をぴくぴくさせながら、こういった。

「中等科の修学旅行中止の決定は、保護者の説明会もひらいて、理解をいただいてる。一部の生徒が騒いでいるようだが、どこかに誤解があるのではないか。学校としても、きちんと説明したい。不満のある生徒を確認したいから、いまここで、挙手をするように」

細かいところは違ったかもしれないけれど、ようするに、そんな内容だった。

開けはなした窓からは、陽《ひ》がさんさんとふりそそぎ、講堂中に光が溢《あふ》れていた。よい天気で、校長センセの演説のあいだ中、そろそろ海にひと泳ぎしにいってもいい時期だなあと思っていたから、六月の半ばごろのことだったと思う。

気がつくと、整列している三年生はみんな、ぼくら――というより、ぼくのほうを見ていた。

ふり返っているやつらもたくさん、いた。

そういう気配は伝わるのか、じきに講堂中の視線が、ぼくに集まってきた。ぼくの感触としては、一年生から六年生まで、ぜんぶの視線が集まった感じだった。なんというか、この先の人生で、あれほど注目をあつめるのは二度とないんじゃないかと思うほどだった。

ぼくは、自分を意地っぱりだと思ったことはなかった。

いいかげんだし、お調子者だし、そのくせ、ここぞというところでは、いい子でいることもできる、ごく普通の中坊だった。

ふたつ年下の弟のほうが、よほどいじっぱりで、反抗的で、ぜったいに意見をまげない、いわゆる、いごっそうなやつだ。

そう、ぼくが〝挙手〟（しかし、懐《なつ》かしい学校業界用語だ。世間にでたら通用せんぞ）をしたのは、ぜったいに意地やプライドのためではなかったと思う。正義感のためでもない。もちろん、信念のためでもない。

ぼくはそんな立派な人間じゃない。

ただ、なんの根拠もなかったけれど、ここで手を挙げんかったら、この先、ほんとうに手を挙げなきゃいけないときも挙げられずに、いじいじと俯《うつむ》いていなきゃならないような気がしたのだった。

いま、俯くのはいい。ぜんぜん恥《は》ずかしくない。

でも、いつか手を挙げたくてたまらないときに、手を挙げるクセをつけてないばかりに、両手をぶらぶらさせて、ぼんやりしているかもしれない。

それはカッコ悪いことのような気がした。カッコ悪いのは、なんかイヤだなと思った。

それでぼくは大きく息を吸ってから、目をつむって、えいやっと手を挙げた。

ぼくが手を挙げるか挙げないかのうちに、講堂中に、ほうっというタメ息のようなものが広がった。

そのタメ息は、ぼくの〝挙手〟より、一拍《いっぱく》だけ早かった。

ふしぎに思って目をあけると、となりの列に並んでいるやつが、ぼくとぜんぜん逆のほうを向いていた。4組のほうを見ていた。

ぼくはすっかり拍子《ひょうし》抜《ぬ》けして、そちらを見た。

黒々としたたくさんの頭のむこうに、にゅうっと一本、学生服の手が挙がっていた。

ぼくのように握りこぶしをつくっているわけでもなく、まるで体育祭で、選手宣誓する生徒みたいに、きちんとした挙手だった。

それが松野豊だった。

ぼくは、なんだか信じられなかった。

松野豊というのは、けっこう成績がいいほうだったけれど、これといって目立つヤツでもなかった。運動オンチでもないけれど、かといってスポーツマンでもなかった。わりに本を読んでいるようだったけれど、青白い陰気なヤツでもなかった。整った顔だちをしていたけれど、気のきいたことをいって女子にモテるでもなかった。ようするに——

ようするに、ぜんぜん、目立たないヤツだったのだ。

ぼくが松野を知っていたのは、二年のときの体育祭で、ぼくがリレーの3番手だったとき、彼が隣の組の3番ランナーだったからだ。それまでも、それからも口をきいたこともなかった。

松野がぼくに友情を感じて、手を挙げたのではないことだけは確かだった。

高等生のほうから、ざわざわというざわめきが聞こえてきた。

もしかしたら、がんばりやーとか、そんな囁《ささや》きもあったかもしれない。

ざわめきに背を押されるように、手はすこしずつ、でも確実に挙がっていった。最後には、40人くらいは挙手をしていたかもしれない。

三年生200人中の40人といえば、けっこうな数で、講堂はちょっと異様な雰囲気に包まれはじめていた。

「もう、よろしい」

壇上《だんじょう》のムラセがぜいぜい喘《あえ》ぐようにいった。朝礼の進行役の体育教師が、メモをもってムラセに駆け寄っていった。

「いずれ、きちんと説明会をします。くわしいことは担任の先生の指示をまつように」

ムラセはメモを読みながら、つかえつかえいって、いそぎ足で演壇をおりた。

その日の1時限目はホームルームだったけれど、担任のサヤマ先生は、なかなか教室にこなかった。

ぼくは冷静になるにしたがって、サヤマ先生が職員会議かなにかで、苛《いじ》められているのではないかと心配になってきて、くらい気分だった。

自分のやったことを後悔《こうかい》はしてなかったけれど、かといって、

（バカしたなァ。母さんに知れたら、叱られるなァ）

と脅《おび》えるだけの子供らしい判断力も、ちゃんとあった。

センセーが遅いのは、緊急《きんきゅう》の対策会議でもやっているのだろうと、クラスのやつらは興奮して、しゃべっていた。

ウチのクラスでは、10人が手を挙げていて、女子が6人、男子が（ぼくをいれて）4人だった。つまり、一緒に職員室に抗議にいった、ぼくを含《ふく》めた男子有志6人のうち、すで

にふたりが脱落していたことになる。

それは、いろんな意味で、このちょっとしたお祭り騒ぎの行く末を、暗示していた。

9時をすぎて、サヤマ先生がようやく教室にやってきた。

ぼくらが神妙な顔で、じいっと先生の反応を待っているのをそらすように、なんでもない顔で、

「あら、どうしたの？　まだホームルームやってなかったの？　今週の議題、もう出してあったでしょう。プール掃除《そうじ》の当番のこと、はやく決めなきゃ」

といった。そんなのはいかにも口実じみていて、ぼくも他のクラスメートも、めいっぱい白けてしまった。

サヤマ先生は諦《あきら》めたように、小肥《こぶと》りの体をぶるぶるっと震《ふる》わせてタメ息をついてから、

「そうそう。修学旅行のことで、ちかいうちに説明会があります。今日一日、教室のうしろに名簿《めいぼ》を置いておくから、出席希望のひとは、自分のところにマルつけといて」

といって、目を伏せた。音楽をやってる人だからナイーブだし、ああいうトラブルはとても辛《つら》かったのだろうと思う。

ぼくは今でも、ぼくの学校は、いい学校だったと思っている。

頭ごなしの修学旅行中止はマズッたが、そのあとの処理はうまかった。不満をもっている生徒を無視したりせずに、生徒に責任を負わせたのだ。

いいたいことをいう人は、きちんと責任をとったうえで、意見をいいなさい。責任をとる覚悟《かくご》のない人は、意見をいう資格はありません——という方針に切りかえたわけだった。

それは、うまいやり方だった。

（たぶん）

とぼくは、サヤマ先生が俯きがちに教室のうしろにゆき、ロッカーのところに名簿をぶらさげるのを眺《なが》めながら、ぼんやり思った。

（朝礼のとき、あの場の勢いで手を挙げたけど、わざわざ名簿の自分のトコに、マルをつけるのはちょっと——というやつもおるろうし。大学受験のとき内申に響いたら困ると、冷静になるやつもおるろうな）

その予想は、当たっていた。

放課後、名簿をのぞいてみると、マルをつけているのは4人だった。

こんなもんだろうなと思ったし、マルをつけなかったやつらを恨《うら》んだりはせんかったけれど、正直にいえば、けっこう淋《さび》しかった。

現実はやっぱり、ちょっとばかりシビアすぎて、

（世の中ってのは、なかなか思うようにならんもんや）

としょんぼりした。

そんな気持ちは、十五年も生きてきた人生のなかでは初めてだった。

短い人生なりに、はじめて味わう感情は、いつもいつも印象深いものだ。ちょっとした
敗北感、足場をひとつひとつ外されてゆく孤立感、そういったものは。

それから一週間か十日か、もっとたったたころ、帰りのホームルームのとき、

「放課後、美術室で説明会があるから、希望者は集まるように」

とふいにサヤマ先生がいった。

みんな一瞬、なんのことかわからず、ぽかんとしていた。

サヤマ先生は、それ以上はなにも説明せずに、ちょっと心配そうにぼくのほうをちらり
と見て、教室を出ていった。

放課後、ぼくは単純な興味と義務感から、美術室にいってみた。

集まっているのは、女子が3人まじって、10人に足りないくらいだった。ウチのクラス
からは、もちろんぼくひとりだった。

来ていた連中はみんながみんな、落ちつかないふうで立ったまま、ウロウロしていた。

教卓《きょうたく》に、紙が二十枚ほど置いてあって、黒板には白いチョークでくっきりと、

『出席希望者は、氏名、組を書くこと。修学旅行の中止について、意見を書くこと』

と書いてあった。

ぼくは、まあ当然やろうね、こうくると思うちょった、それにしても勝ち抜きテストみたいにどんどん振り落としてゆく作戦だぜ、すごい戦略ぞとすっかり感心しながら、ゆっくりと教卓のところにいった。

紙はワープロで打ったアンケートふうのもので、名前と組を書くところと、意見を書く欄《らん》があった。

ぼくは一枚をとって、教卓のまえの机についた。

胸ポケットから、父親に合格祝いに買ってもらったモンブランのボールペンをとって、ていねいに名前と組を書いた。

(修学旅行の中止は意味がないし、先生たちや親の気休めでしかないと思う)

というようなことを書きながら、まったく突然に、はげしい怒りがこみあげてきた。それは全身がぶるぶる震えるような、今まで味わったことのない怒りだった。

どうしてセンセイ方は、子どもじみたぼくの抗議を、

(学校が決めたことなんだから)

という大人びた、いつもの手で、やんわりと無視してくれなかったのだろうという自分勝手な怒り。

どうして、ぼくはこんなふうに、とことんまで学校側の悪意につきあって、子どもっぽいことをするんだろうという、もっともな怒り。

ぼくの逃げ場は、ぜんぜんなかった。

センセイたちは、子どもは黙れと無視しなかった。説明するといっている。それは一見、とても理解のある態度にみえるけれど、どこかがすごく、ずるいやり方のような気がする。ずるいやり方だと思うんだけれど、うまい反撃の方法がみつからなかった。

ぼくは自分を、つくづく無力な子どもだと思い、世の中というのは、子どもにはなかなか生きづらいところだなあとしみじみ思った。

ほかに書くこともないので、ゆっくりと顔をあげると、美術室にはもう、ぼくひとりしかいなかった。

というか、みんなが出ていく気配がとぎれるまで、ぼくのほうでも顔をあげなかったのだ。それが武士のなさけというものだ。中学三年生でも、そういう感覚はある。

ガランとした美術室はとても静かで、しんとしていた。

ぼくは立ちあがって、窓ぎわにいった。グラウンドでは、中等の野球部が練習をしていた。

窓をあけると、とたんに、小気味のいい金属バットの音がした。

「おーら、イクゾォ」

みたいな、おさだまりのドラ声がとびかい、みんなとても元気そうだった。元気で、平和だった。その向こうに、鏡川の川面がかすかに光ってみえた。

（へえ）

とぼくはなんだか、びっくりして目を細めた。目を細めると、まるで銀色の虹《にじ》が街を走っているようだった。

美術室は四階にあった。四階からなら、街をゆったりと流れる鏡川がみえるのは、思えば、あたりまえのことだ。なのに、これまで週に一度の美術の授業のときに、川のことなんか気にしたこともなかった。

川が見えるとは思ってもみなかったし、見えたところで、なんということもないはずだった。

けれど、そのときのぼくは、ここからは川が見えるがかァとひどく感動して、いつまでもいつまでも目を細めて、銀色のしずかな川をぼんやり眺めていた。

鏡川は目にしみるほど、きれいに光っていた。

ふいに背後で、ドアのあく気配がした。

たぶん中等の生活指導のムラセか、あのカワムラのやつだろう、あんたは勝ったよ、ぼくはカッコつけて拳《こぶし》をふりあげたものの、降ろすに降ろせなくて困っているバカなガキだよと腹をくくって、ふり返った。入ってきたのは、松野豊だった。

「なんだ、やっぱり杜崎ひとりか」

松野は、まるで映画の約束でもしていたみたいにのんきにいって、ふと黒板をみた。

そうして、表情ひとつ変えずにゆっくりと教卓をみて、おかしそうに笑った。

「階段のとこで、鈴木らぁに会《お》うたぞ。あいたぁら、杜崎にすまんていうちょってくれやと。許しちゃれよな」

ひどくのんびりと、アクビをかみ殺すみたいに、あやふやにいった。

「ばかやにゃ」

ぼくは笑った。笑いながら、鼻の奥がつんとした。

たぶん、泣きそうな顔をしているに違いなかった。なにぶんにも、ぼくはまだ中学三年生になりたての子どもだったんだから。

松野豊は路上で布教のビラを受けとるみたいにして、通りすがりに教卓からアンケート用紙をとった。

彼は立ったまま目についた机にかがんで、左手にシャーペンをにぎり、さらさらと書いた。松野は左利きらしかった。

とても自然なそぶりで、松野は一度もシャーペンを止めて考えこむことなく、書きおえた。

ぼくは単純な好奇心から、そばによって、アンケート用紙をのぞきこんだ。

(中止のやり方は一方的で、納得できません。ぼくはこの学校を卒業してから、十年後二十年後に、このことを思いだして、やっぱり先生たちのやり方は不当だったと思うとおもいます)

とひどくカクばった字で、書いてあった。

ぼくはすっかり感動した。十年後二十年後を、こいつは考えてんのか。ぼくなんか、今の今しか、考えていないのにな……。

松野はひらめくようなの頭のよさとか、気のきいたカンの良さとか、そういったものとは無縁の、200人いる学年の中では、あんまり目立たない、ありふれた秀才だったかもしれないけれど、ちゃんとしたやつだと、ふいに思った。

ちゃんとしているというのは、大事なことだ。

ぼくらは5時すぎまで、たったふたりで、美術室にいた。

外はどんどん暮れてゆき、金属バットの音も、ますます冴《さ》えて聞こえていた。

ぼくらはなにを話すというのでもなく、なんとなく黙りがちに、机をふたつみっつ離してすわっていた。

ぼくが退屈のあまり無意識のうちに口笛《くちぶえ》を吹いたりすると、松野がぎょっとしたように顔をあげた。目があうと、ムハハと笑いあった。

あれは不思議に満ちたりた、気分がやけに高揚《こうよう》していた瞬間だった。

ぼくは、

（現実はシビアかもしれんけど、それなりにいいこともある）

としんみり満足していたし、自分以外のだれかのおかげで、そんな気分になれたことに感謝していた。

ぼくは立ちあがって、電灯をつけた。

それからしばらくして、ぼくの担任のサヤマ先生がドアをあけて、顔を覗《のぞ》かせた。

ぼくらふたりがいるのは、帰っていった連中から、それとなく聞いていたみたいで、そんなに驚いたふうではなかった。ただ、ほんとうに心から困ったように笑った。

「今日の説明会は延期よ。ちょっと、職員室のほうが忙《いそが》しくて。そのうち……」

といいかけて、ふうっとタメ息をついて笑った。

やがて思いきったように美術室に入ってきて、ぼくの前の机に腰かけた。そして、やっぱり俯きがちに、おずおずといった。

「ねえ、杜崎くん。これは、そんなに意地を張ることかな」

鼻に抜けるような、いい声だった。サヤマ先生は音大で、声楽をやっていたのだ。

先生の目に、松野は映っていないようだった。もしかしたら松野のことを、ぼくに引きずられている気の弱いコだと思っていたのかもしれない。

「ぼくは、意地はりゆうわけじゃないがです。説明会をするというから、来ただけです。最初から、説明会する気がないがやったら、それでえいがです」

ぼくは、とても素直な気持ちでいった。

松野といた小一時間のあいだに、確実に、自分がなにか、今までとは違う領域に踏みだしたような気がしていた。

うまくいえないけれど、ぼくはもう、だれにも（たとえばカワムラみたいなやつにも）、なににも怒っていなかったし、反抗する気も失せていた。

どっちみち、ことの発端《ほったん》からして、ばかばかしいことだったのだ。

たいせつなのは、松野みたいなやつと、知り合いになったことだった。

ぼくは生意気な従姉《いとこ》のいうように、マンではないかもしれないけれど、すくなくとも昨日までのテキを、テキと思わないだけの度胸がついたわけだった。

ぼくは二度と、カワムラや、生活指導の教師になにかいわれても、しょんぼりしたりはしなかった。ときどきは、やっぱりムカついたけれども。

ぼくと松野豊はその日、ふたりで帰った。

べつになにを話すというわけではなかったし、いま思いだそうとしても、あのときの話題がぜんぜん思いだせない。

どうせ、たいしたことは話さなかったはずだ。お互いの出身小学校とか、通った塾の話とか、そういったことぐらいで。

そのあとも、ぼくらは目にみえて、すごく仲よくなるといったふうにはならなかった。

ただ廊下で会うと、オッという感じで合図をしあった。

日曜日なんかには誘いあって映画にいって、メシを喰《く》うときもあった。まあ、そういう仲になっていた。それだけで充分だった。

ぼくは人当たりがいいから、クラス替えがあるたびに、だれとでも仲よくなるし、友達もたくさんできた。

けれど、ぼくの中で、松野豊がいる場所はいつも、ほかの連中とはちょっと違っていた。それは当然のことだし、今でもそうだ。


五年生になって、修学旅行先がハワイだと知らされて、ぼくはほんの少しばかり、古傷が疼《うず》いたりもした。

すっかり忘れていた、ぼくと松野のふたりきりの、あの美術室のことを思いだしたのだ。

けれど、それだけだった。

京都よりはハワイのほうがいいにきまっているし、みんなも喜んでいるし、よいことだった。

それはべつに、こっちが負けた、向こうが勝ったというような種類のことではない。もっともカワムラはどうやら、そうは思っていなかったらしい。

いつだったか廊下ですれ違ったとき、しょう嬉《うれ》しそうに、

「杜崎もハワイに行くがか。京都じゃのうてハワイやと、つまらんろう」

みたいな、なんだか、いわれたこっちが情なくなるようなイヤミを、いつもの大声でいった。いいわすれたけれど、カワムラの声がでかいのは、地声なのだ。

ぼくはあんまり情なかったものだから、ガハハと笑いながら、

「親に申しわけのうて。積立て旅費の足らんぶんと小遣いとで、10万はいるし。海外旅行用の小物かうにも、金がいるし。ぼくはバイトせんといかんなったんで、成績がおちるがやないかと、それが不安です、ハハハ」

とこれまた情ないイヤミを、口から出まかせでいってしまった。

カワムラはむっとして、ものもいわずに、通りすぎていった。

ぼくが夏休み中バイトしようと決心したのは、そういうマヌケな事情のせいで、ほんとにマヌケだったと思う。けれど、そうしないと辻褄《つじつま》が合わないような気がしてもいた。

バイトはハードで、手の荒れや足のむくみもバカにならなかったけれど、そのぶんだけバイト料もいいし、こんなもんだろうと思っていた。

夏期講習の初日、講習に出たアサシオから密告電話があった。

「数学の担当が、カワムラながやけど、あいたぁ、今日、教室はいってくるなり、ほら、あの松野によ、おまえは杜崎みたいに意地はってバイトせんがか、それがリコウだ、こんな時期にバイトするやつらは、みんな浪人《ろうにん》だとか、いいよったで」

「カワムラは、性根がくさっとる」

ぼくは唸《うな》った。このときばかりは、カッとなった。カッとなったのは、浪人だといわれ

たからではなくて、松野につまらんイヤミをいったからだと思う。

二年も前のことをもちだしてきて、ねちねちイヤミをいうとは、なんちゅうやつだと頭にきて、すぐに松野に電話をした。

「まあ、えいやんか。それよりおまえ、ちゃんと勉強しちょけよ。この講習で、ほかの連中と差ついたら、つまらんろう」

松野はあいかわらず、おだやかな口ぶりだった。

「だんだん息苦しゅうなってくるにゃァ。せまい街で、伝統だ進学だって騒いでも、しょうがないに。ここまで息苦しゅうなると、意地でも四国山脈こえとうなるにゃァ」

そういって、おかしそうに笑った。

(四国山脈をこえる)

というのは、ぼくらの進学先をいうときの暗号みたいなもので、つまり地元を離れて、京阪神か関東方面にゆくことだった。

ぼくはふいに、なんということもなく、

「ぼくは東京のほうに行こうかと思いゆう」

といった。

バイトしているうちに、自分にも金を稼げるのがわかり、そうなると東京の大学というのが、へんに現実味をおびていた。それまでは、学費はともかく生活費の心配があって、せいぜいが大阪か京都あたりかなァと、ぼんやり思っていたのだ。

松野はふぅんとあやふやに口ごもった。

「おれは、京都かなァ。国立でも私学でも、京都がえいなァ。親父《おやじ》もそうやったし。偏差《へんさ》値《ち》でいうたら、ちょっとキビしいがやけんど」

おたがいに頑張《がんば》ろうなといいあって、ぼくらは電話をきった。

ぼくは手を荒らしながら、どこまで自分が稼げるかを試すような気持ちで、いよいよバイトに驀進中《ばくしんちゅう》だった。松野は一年後にめでたく京都にゆくために、全教科の講習に出ていた。

ぼくと松野の十七歳の夏休みは、そんなふうにして、なんのドラマもなく、つまらなく過ぎて、そろそろ終わりかけていた。

（ふーん、転校生か。しかも美人のなァ）

ぼくは教室の窓ぎわの机にこしかけて、職員室をみおろしている松野の横顔をながめた。

季節はずれの編入生のことなんかで、わざわざ電話をよこして、ぼくを呼びだした松野の真意がわからんというか、わかるというか。

ようするに転校生が美少女だというのがキーポイントらしかった。


かき氷を喰うことにして、ぼくらは学校を出た。

生徒玄関《げんかん》をでて、松野をまたせて自転車置き場にゆき、チャリのチェーンキーをはずして、校門のところに急いだ。

校門のてまえで、松野と、白い半袖《はんそで》ブラウスにチェックのスカートをはいた女の子が立ち話をしていた。

あれが編入生かもしれんと思いながら近づいてゆくと、松野が気がついて、手をあげた。

ぼくはのろのろとチャリを押しながら、ふたりに近づいた。

「こいつ、4組の杜崎拓」

松野が、彼女にぼくを紹介《しょうかい》した。ぼくはぺこっと頭をさげた。

里伽子はひょい、と顎《あご》をしゃくるようにした。頭をさげたつもりらしかった。

薄情そうなうすい唇《くちびる》をぎゅっとひき結んでいて、さぞかしワカメやコンブなんかたくさん喰ったんだろうなと思うような、まっ黒な髪《かみ》をしていた。いつかの漢字読み取りテストに出てきた、〈漆黒《しっこく》〉という字が、ふっと思いうかんだ。

　ぼくの武藤里伽子の第一印象は、一にも二にも、まっ黒な髪だった。

「じゃ、あたし、これで帰る。二学期からよろしくね」

　里伽子は松野のほうにも、ひょいと顎をしゃくるようにして、さっさと校門を出ていった。

　ぼくらは、なんとなくぼんやりと立ちつくして、校門を出てゆく里伽子の後ろ姿を見送っていた。

「おい、おまえ、さっそくナンパか？」

　里伽子の姿が見えなくなってから、ぼくはにやにや笑っていった。

　松野はびっくりしたようにメガネを押さえて、

「ちがうちや。金誠堂《きんせいどう》はどこかって聞かれたがよや。教科書きちゅうき取りにいくがやと」

　マジメにいった。金誠堂というのは市内一、おおきな書店だった。

「ふーん」

　ぼくは鼻をならして、ふたりで校門を出た。

　すこしゆくと、バス停のところに立っている里伽子がいた。

里伽子はぺこりと、ぼくらに頭をさげた。ぼくらも、ひょいと合図をして通りすぎた。

ぼくらはゆっくりと歩きながら天神橋をわたり、よくいく帯屋町アーケードのなかにある、おなじみの甘味屋にいった。

氷を喰っている間、松野はぼくのバイト先のことを聞きたがり、ぼくはゾク上がりみたいな板前のことだとか、金にせこい女将《おかみ》のことだとかを、おもしろおかしくしゃべった。

店をでて、西武前のバス停のところで別れるとき、

「なあ、こんな時期に転校してくるらぁて、なんか事情があったがやろうか」

突然という感じで、松野がいった。

ぼくはとっさには、彼がなにをいってるのかわからずに、

「あぁ?」

とまぬけた顔をしてしまい、ややあって、

(ああ、あの武藤里伽子ってコのことか)

と気がついたときには、ピンときてしまった。

そうかそうか。松野がわざわざぼくを呼びつけたのは、そういうことか。しかし裏も表もないやつだなあと感心してしまった。

「さぁなぁ。どうせ親父さんの転勤とか、そういうがじゃないがかや」

ぼくは当たりさわりのないことをいって、笑いながら、松野のカバンをうしろ蹴《げ》りした。松野も笑って、ぼくのチャリの荷台を蹴った。そうやって、ぼくらは別れた。

帰る道みち、ぼくはなんとなく、松野は失恋《しつれん》するんじゃないかという予感がしてクライ気分だった。

(女は、みてくれで決めるきな)

そう思ったのは、やっぱり武藤里伽子というのが特上の美少女だったからだ。

いかにも東京から来ましたという都会風の雰囲気に、すこしアテられていたのかもしれない。

第三章

里伽子

二学期になってしばらく、時期はずれの編入生のことは忘れていた。

結局はとなりのクラス（松野のクラスだ）のことだったし、廊下ですれ違うこともなかったから、しぜん忘れてしまった。

ぼくが武藤里伽子を思いだしたのは、休みがあけて次の週だったか、その次の週だったか、ともかく体育の授業でだった。

3組と4組が合同授業で、ぼくら男連中は屋外コートでサッカーをやっていた。

まだまだ残暑のきびしい午後で、からりと空が晴れていた。

ぼくは15分間、さんざん走りまわって汗《あせ》をながして、つぎのメンバーとタッチして、ベンチでボーッとしていた。

もうすぐある実力テストは、今回は悲惨《ひさん》だろうなとか、けどカワムラに負けないためにイッパツ張ってみたいなとか、まあ、そういった、いろんなことをごちゃごちゃ考えて、わりに沈んだ気分でいたときに、

「おい、杜崎」

うしろのベンチにすわっていた香川《かがわ》が、ぼくの頭をこづいてよこした。

「女子のほう、みろよ。すげえぜ」

香川はにやついた顔で、顎《あご》をしゃくった。

サッカーコートのずっと向こう、体育館の横手あたりにある四面のテニスコートで、女子はテニスをやっていた。

どうせまた3組の巨大バストの有賀《ありが》が、盛大に胸をゆさぶって動きまわっているんだろうと、あまり気乗りしないまま、テニスコートのほうを見た。

1組の沢田、3組の有賀、5組の桜庭というのが、ぼくらの学年の御三家になっていて、とりわけ3組の有賀というのが、すごかった。ほかのふたりは、リッパなムネといえるのだが、有賀の場合、ぶきみなほどデカかった。

なにを喰《く》ったら、あそこまでデカくなるんだという巨大なムネをしていて、それはもう中等部のころから、そうだった。

背はふつうの155センチ前後くらいなので、胸だけがむくれあがっているという感じで、最初のころは、

（おお！）

と思っていたぼくも、だんだん、なんというか厳粛な気持ちになるというのか、粛々たる思いに打たれるというか。

なにしろ、ものには程度というものがあるし、有賀のばあい、程度を越えていて、見て嬉《うれ》しいというより、圧倒されるような感じだった。

ぼくはおざなりに、四面のテニスコートでプレイしている女子をざっと眺《なが》めてみた。有賀はプレイしてなかった。

「なんだよ、おらんじゃんか」

「おらんて、だれ探しゆうがな。ほれ、手前の右っかわのコートよ。うちの芹《せり》とやりゆうが、3組に編入したってやつだろ」

「編入？」

と聞き返しながら、ぼくの目はようやく、里伽子の姿をとらえた。

香川のいうとおり、うちのクラスの芹と対戦しているのは、夏休み中に一度だけ見た、あの武藤里伽子だった。

（へえ……）

ぼくは思わず、体をのりだしてしまっていた。

白いトレシャツに、濃《こ》いアズキ色の短パン姿は、テニスをするにはけっこう不格好だったが、里伽子のプレイはすばらしかった。

コートを走りまわり、びゅんびゅん打ち返す様子は、まるでオートテニスをやっているみたいだった。とりこぼしが、まるでなかった。

編入してくるまえの東京の高校では、部活でテニスをやってたんじゃないかと思わせる

プレイだった。芹もわりにスポーツ万能の子だったけれど、力の差ははっきりしていた。里伽子が走り、里伽子が打っていた。里伽子だけが。

「カッコえいなぁ」

思わず、いってしまった。

香川の返事がないのでふり返ると、彼はぽかんと口をあけて、テニスコートのほうを眺めていた。そのときになって、ベンチの連中の半分くらいが、熱心に、あるいはチラチラと、テニスコートを眺めているのに気がついた。

あのときを思いだすと、今でも、吹きだしたくなってくる。

あつい夏の午後、目のまえのグラウンドでは、クラスのやつらが汗みずくになってサッカーをやっているというのに、ベンチの男どもは半分以上が横をむいて、テニスコートの女子を眺めていたんだから、いい根性だった。

授業のあと、更衣室《こういしつ》ではひとしきり、里伽子のことが話題になった。テニスがうまいよなあとか、やっぱハデな感じだよとか、気ィつよそうだよなとか、そういったことを大声でしゃべりあった。

いかにも、純朴《じゅんぼく》な地方のガキが、東京からきたカッコいい女の子のことを、照れとコンプレックスがごちゃまぜになって噂《うわさ》するといった感じだった。

みんなは照れていたし、五年間、ほとんど同じメンツの女子のなかに、突如《とつじょ》、出現した新顔には〝素朴《そぼく》な興味〟というものがあったのだと思う。

スポーツバッグをひきずって更衣室をでるとき、松野といっしょになった。松野は運動のあとの汗と熱のせいで、メガネがうっすらと曇《くも》っていた。

ぼくは松野の肩を肩でこづきながら、

「あの武藤ってやつ、目立ちすぎるぞなぁ」

といって、にやりと笑ってみせた。

松野は曇ったメガネをはずして、くいくいとシャツの胸のあたりで拭《ぬぐ》ってから、またメガネをかけた。そうして、

「目立ちすぎってことはないろ」

と怒ったようにいって、肩で風をきるように廊下に出た。彼は本気で、怒っているようだった。

「おい、松野よぅ」

ぼくはあわてて彼のあとを追った。ずんずん歩いていく松野に追いついて、並んで歩きながら、ぼくはちょっと面喰《めんくら》っていた。というか、たまげた。

ぼくはよほど、しょんぼりとしていたのだろう、

「いや、武藤はさ。クラスで浮いてんだ、いま。やっぱり、いろいろ目立つのかなとか思ってさ」

松野が気まずそうに、もごもごいった。弁解する口ぶりだった。

「ふーん。浮いてんのか」

「まあな。いろいろ」

3組の委員長でもある松野は、心いためるといった風情でいって、にやっと笑った。やっぱり弁解するような笑い方だった。ぼくもとりあえずヘラヘラと笑い返しておいた。

3組教室のまえで松野と友好的に別れて、ぼくは自分の教室に入った。

着替えのおわった女子が何人か戻ってきていて、汗くさい臭《にお》いをぷんぷんさせていた。

つぎの授業のテキストを机に並べながら、ぼくはふーっとタメ息をついた。松野はそうとう里伽子に惚《ほ》れちゅうぞと、よくよく自分にいいきかせた。

さわらぬ神にたたりなしだな。

二度と、松野とは里伽子のことを話さないようにしよう。

それはたやすいことに思えたし、事実、ある時期まではたやすいことだった。

それから少したってからの実力テストで、里伽子は全教科合計で、ドーンと12番になった。

掲示板に貼《は》りだされたランク表をぼんやり見あげながら、なるほど、これじゃあ時期はずれの編入だろうが特例だろうが、なんでもアリのはずだよなあと、しみじみ感心してしまった。

ぼくのほうは１００番内ぎりぎりの91番で、すれすれセーフだった。中等一、二年生のころの秀才ぶりは今いずこ、

（十五すぎれば、ただの人やな）

苦笑いするしかなかった。何回みても91番にかわりはないので、さっさと諦《あきら》めて、人の群れをかきわけて廊下に出た。

ちょうど里伽子が向こうがわから歩いてくるところだった。俯《うつむ》きがちに、ハンカチで手を拭いていた。トイレから戻ってきたんだろう。

里伽子は人の群れにびっくりしたように、ちらっと掲示板をみた。

それが実力テストの成績発表だとわかったのか、わからないのか、立ちどまりもせずに、その場を通りすぎた。ぜんぜん、興味がなさそうだった。

里伽子が素通りしていくのに気がついた女子が（こういうとき、気がつくのは常に女子

なのだ、なぜか)、目をぐりぐりさせて目配せしあっているのを、ぼくは偶然《ぐうぜん》みてしまった。

なに、あの態度。えばっちゃって。

そういうセリフがぴったりの、絵にかいたような目配せだった。

そういったやりとりは、本人同士は楽しいのだろうが、たまたま目にしたほうは、目のやり場がなくなってしまう。ひどく居心地が悪くなってしまう。

(たまらんなァ)

ぼくは鼻のあたりをこすりながら、肩ごしにふり返ってみた。

ちょうど、里伽子が教室に入っていくところだった。いそいで制服をつくったせいか、肩のあたりがぶかぶかで、そのせいで肩が薄そうにみえた。

あの子、あんまり幸せそうじゃないなぁ。

なんとなくそう思い、そう思った自分にびっくりした。

たぶん、とびあがって喜ぶべき12番に、顔色ひとつ変えないのが、91番のぼくには、単純にふしぎだったのだ。素直に喜べないのは、なにか不満があるのだろうと考えたに違いない。単純なものだ。

ぼくはかなり単純なほうだったし、それは今でもそうだ。

ややこしいことを考える頭なんか、てんからなかった。ただ、あいつは不幸そうだなあとぼんやり思った。


里伽子の母親の実家は、針木《はりぎ》のほうで梨園《なしえん》をやっている有名な果樹園主だった。

それを教えてくれたのは、意外なことに、市役所につとめている母親だった。

「あんたんとこに、武藤里伽子って子、編入してきたんだって？」

と母親が夕飯をよそいながらいったのは、テストから一週間ほどたってからだった。

「うん。なんで？」

「きのうかな、観光課の吉田課長さんが、武藤って、あの武藤果樹園さんとこの親戚《しんせき》かって聞きにきたがよ。びっくりしたわ」

「吉田って、吉田サオリのおやじか。吉田のおやじ、課長サンか」

吉田サオリというのは、中等二年のときのクラスメートだった。

そのおやじが観光課の課長だとは知らなかったけれど、ぼくらの街はせまいから、その気になりさえすれば、いろんなネットワークで、つながりができる。

アサシオ山尾のおやじの病院が追手筋《おうてすじ》にあって、その向かいに、ぼくらのよく行くレコード屋があって、そのレコード屋の店員が、おととし卒業した先輩の宮原サンだ、なんてことになる。ようするに狭い街だ。

「なんで、吉田のおやじが、武藤のことなんか聞きにくるがで」

「武藤さんて子、すごく良《よ》うできるがやってねぇ」

と母親は感心したようにいい、それでぼくはなんとなく、事情が把握《はあく》できた。

実力テストのランキングに、ふいに飛びこんできたダークホースは、ぼくらの学年のさまざまな家庭の夕飯どきに、話題になったのだろう。

五年生ともなると、各種テストの上位ランキングは、とうに常連が決まっていて、ダークホースが飛びだす余地はめったにない。

だから、とびいりの武藤里伽子は、いっきにぼくらの学年の有名人になってしまって、きっと、あちこちの家庭で、一度は話題になったのだ。きっと吉田の家でも、ひとしきり武藤里伽子の名前がとびかったに違いない。

吉田のおやじが、うちの母親にさぐりを入れたのは、正しい判断だった。母親は十年以上も、農林水産課にいすわっているベテラン課員なのだ。

武藤果樹園の梨は、市場でも高い格付けをされていて、名の通った果樹園なのだと、母親はいった。

「園主の武藤さんの名まえは、よく聞きよったがよ。農協の知り合いにきいたら、園主の武藤さんの妹さん、家庭の事情でこっちに帰ってきちゅうがやと」

「ふうん」

家庭の事情というのは、たぶん離婚だろうと、ぼくは当然のように思った。

べつに理由はなかったが、まあ、そんなところだろうという気がしたのだ。よくあることだし、驚くことでもなかった。

「娘さんと、息子さんも一緒《いっしょ》にこっち来たらしいわ。娘さんのほう、あんたとこに編入したがやろ。いい成績だそうじゃないの。やっぱり、東京の子はできるがやねぇ」

「ふーん」

おとなしくご飯をかっこみながら、ぼくはこっそり笑ってしまった。

今ごろ、この街のどこかの家の食卓《しょくたく》でも、こんなふうに、

(東京の子はできるがやねぇ)

なんて、話のネタになっているだろうなと思ったのだ。

うちみたいなノンキな家でも、こうやって里伽子が話にでるくらいだから、もっと教育熱心な家では、きっと、いろんなことをいわれてるのだろう。

それはあんまり、いい感じじゃなかった。

「武藤もかわいそうやね。あればぁ成績がよけりゃ、どうせ東京のほうに進学するがやろうき、一年やそこら、東京におってもよかったのに」

なんとなく本心から、そういった。

たった一年のことなのだから、ずっと東京にいたほうが里伽子にはよかったのに。そうすれば、こんなふうに、ぜんぜん縁のない家族の夕飯どきに、話のネタになることもなかったのに。

「親のつごうで、子どもはむごいもんで」

「そういうもんじゃないわね。母親なら、子どもも一緒に連れてきたいもんよ」

母親はすっかり悟《さと》りきったようにいった。

「高校生や中学生の子どもかかえて離婚するからには、よほどのことがあったがぞね。そんなときに、受験がどうのこうのって、子どもを残してこれんわね。なにがあっても、一緒に連れてくるわよ。そういうもんながよ」

「ふうん。実感あるじゃゃん」

といって、ぼくはちらりとオヤジのほうを見た。

オヤジは箸《はし》を握ったままテレビの野球中継を見ていて、こっちの話題に参加するつもりはぜんぜん、ないようだった。

「あんた、武藤さんてコと同じクラスなの？」

「いや、こっちは4組。あっちは3組」

「親切にしてあげなさいよ。慣れないとこきて、いろいろ大変やろうきね」

ずいぶん優しい口ぶりだった。

母さんは、里伽子の両親の離婚のことで、農協の知り合いかだれかから、離婚の経緯《いきさつ》とか、詳しい話を聞いているなとぼくは思った。里伽子の母親にここまで肩入れするからには、もっとはっきりした事情を知っているんだろう。

里伽子のオヤジに女ができたとか、会社の金を使いこんだとか、なにかそういった、すごいドラマがあったがかもしれない。そういったことすべては、まるで現実感がなくてピンとこんかったけれど。

夕飯のあと、ぼくはテレビをみずに、すぐに部屋にあがった。

ラジオをかけてベッドに寝ころがって、腹がこなれるのを待っているうちに、うとうとして眠りこんでしまった。

階段の下で、ぼくを呼ぶ母親の声で目がさめた。降りてゆくと、松野から電話がきていた。

「おう、どうした」

受話器を受け取って、階段に座りこんだ。

ぼくらが電話をしあうのは一ヵ月に一度あるかないかだったが、そういうときは、とりとめのないことをけっこう長話するので、その準備のつもりだった。

「いや……」

電話のむこうの松野は、なかなか話しださなかった。

「どうしたん」

「うーん、べつに電話するほどのこともなかったな」

と松野ははっきりしない口ぶりでいい、ちょっと黙ったあと、いきなり、という感じで前置きもなしにいった。

「今日、武藤んとこの下宿にいってきた」

「へえ?」

「武藤、今日、風邪《かぜ》で休んじょったき。下宿して、ひとり暮らしだって聞いてたから、大丈夫《だいじょうぶ》かなと思って」

「ふうん」

「ひとりで寝よった」

「うん」

「それだけながやけど」

「そうか」

ぼくはなんともいいようがなくて、黙りこんだ。ほかに、どう返事をすればいいいんだという感じだった。

松野は里伽子の見舞いにいった。里伽子が風邪で、ひとりで寝ていた。なるほど。家に帰ってきて、興奮《こうふん》のあまりぼくに電話をよこしたものの、いざとなると、ほかに話すこともなくて、彼も困っているみたいだった。

松野はあやふやな口ぶりで、それだけなんだといい、ぼくは、ああと笑って、おたがいにおそるおそるといったふうに、ひっそりと電話をきった。ぼくはぱっとしない気分のまま、部屋にもどった。

部屋では、つけっぱなしのラジオががんがん鳴っていた。ラジオを消して、ぼくは窓をあけてみた。

夕闇《ゆうやみ》の奥に、ぼうっと浦戸湾《うらどわん》の海が浮かびあがってみえた。

海沿いに建っているふたつのリゾートマンションの夜光灯が反射して、海の表面は鏡の粉をまいたようにきらきらと光っていた。そのむこうの夜の海には、漁船のあかりが、ひとだまのように尾をひいて、ぷかぷかと動いていた。

昼間なら、マンションに住んでいる住人の、色とりどりのヨットが入江を出入りしているのがみえるし、夜には、ゆったりとゆれる入江の波もようが、あかりのなかに浮かびあがる。そのどれもが、好きな風景だった。

勉強に飽《あ》きたり、いやなことがあったり、楽しいことがあったときでも、ぼくはなんとなく窓をあけて、遠くにひろがる海をながめる。

ながめるうちに、いつのまにか波の音が耳になじんできて、それはレールを走る列車の音のようにも、風の音のようにも聞こえて、ぼくは一瞬、ここではない違うところにいるような錯覚《さっかく》におちいる。

そうして人恋《こい》しいような、なつかしい気持ちになって、すっかり満足して窓を閉めるのだった。

遠い海の音をききながら、ぼくはふと、掲示板の前を素通りしていった里伽子を思いうかべた。里伽子の、薄そうな肩を思いうかべた。

へんなもんだなあ、とぼくは笑いそうになった。

ああいう子がいいのか、松野は。ぼくは、なんとも思わんけどな。

だれかを好きになるというのは、ほんとに、へんなことだった。

ぼくはそのころ、とりたてて好きな子はいなかったし、その先のことは、ぜんぜんわからなかった。

なにはともあれ、松野は里伽子の下宿にゆき、部屋にいれてもらったわけだ。それは、すごくよいことだった。

松野はその電話をかけてきたのがただひとつの例外で、それ以後、里伽子のことは話題にしなかった。

それはいかにも松野らしかったし、だから、ぼくもしだいに里伽子に興味を失っていった。里伽子は時期はずれに編入してきて、テニスがうまくて、成績もいい子だった。

それだけのことだった。

ぼくは今でも、里伽子がぼくに声をかけたことを、心のどこかで恨《うら》んでいるような気がする。

里伽子がそうするには、そうするだけの理由があったのだが、どっちにしても、あいつは自分勝手すぎた。

おかげで、ぼくの高校生活の最後の一年は最悪のスタートをきったし、親友とも気まずくなった。最後にはケンカ別れみたいになった。まったく、ありがたい一年だった。

そのめでたい幕開きは、やっぱり因縁《いんねん》のハワイ修学旅行だった。

ハワイは最後まで、ぼくに祟《たた》ったわけだ。

「杜崎くん、お金かしてくれない？」

といいながら、ひろびろとしたロビーの、プライベートプールに面したガラスドア近くの観葉植物《グリーン》の後ろから里伽子が出てきたとき、ぼくは思わず、あたりを見回した。

とっさに、ぼくの近くのだれかに、話しかけていると思ったのだ。

けれど、ロビーには、高校生はぼくひとりしかいなかったし、里伽子はぼくの前に立って、まっすぐにぼくを見ていた。

あれは、ハワイ（というかオアフ島）に着いて四日目の午後のことだ。その日は終日、自由行動の日だった。翌日は、日本に帰るという最後の日でもあった。

それまでは、パンチボウル礼拝堂だのパールハーバーだの、ハイクガーデンだの平等院だのと、市内観光にひきまわされて、ろくに海にも入れんかった。

海なんて、高知の浜で、さんざん見飽《みあ》きていたはずなのに、こうも泳げないとなると、みんな目の色が変わっていて、その日は朝から、みんなホテル特製のランチボックスをもって、浜辺にくりだしていた。

ぼくは朝から腹の調子が悪くて、まずいランチのせいでますます下痢《げり》ってしまい、昼す

KATSUYA

ぎにはひとりでホテルに戻ってきていた。

割り当てられた部屋はせまいツインで、エキストラベッドをいれたトリプルユースだった。そんなでは、ろくに部屋を歩きまわることもできない。

おなさけでついているバルコニーには、ペンキのはげた小さい白いテーブルと椅子《いす》が一脚《きゃく》、ぽつんと置いてあるだけで、くつろぐという雰囲気《ふんいき》はさらにない。

1時半すぎに、ぼくはロビーにいってみた。

全員がビーチにいっているはずはないから、だれか知ったヤツをロビーでひろって、そのへんを散歩しようと誘うつもりだった。里伽子に声をかけられたのは、そういうときだった。

「金……?」

ぼくはぼんやりと、里伽子を見返した。

どうして里伽子が、クラスも違うぼくなんかに、金を貸せというのか理解できなかったし、なによりもぼくの名前を知っているのがふしぎだった。

ぼくはぜんぜん、有名人じゃなかった。

成績がトップクラスだったのは中等生までのことで、いまとなってはタダの人だ。進学校では、成績がパッとしないヤツは、〈その他おおぜい〉のひとりにすぎない。

ふと、夏休みに、松野といっしょに、里伽子に挨拶《あいさつ》したのを思いだしたが、

(あればァで、名まえ、覚えてんのかァ)

なにか腑《ふ》に落ちなかった。ようするに、ぼくはすっかり、どぎまぎしていた。

「どうしたがで。金、使いすぎたがか?」

ぼくはなんとなく落ちつかない気分で、笑った。

里伽子は薄っぽい白の半袖《はんそで》ポロシャツに、短めの黄色っぽいパンツをはいていた。下に黒の水玉の水着を着こんでいるのが、白いポロシャツから、きっちりと透けてみえた。

「うん、いえ、あのぅ……」

里伽子は肩にひっかけていたサマージャケットみたいなものをいじくりながら、ぼそぼそと口ごもり、やがて思いきったようにいった。

「あのね、持ってきた全財産、落としちゃったみたいなのよ」

「なに、のんきにしゆうがで。大変じゃんか」

ぼくは思わず、大声をあげた。

「ちゃんとセンセに連絡したがか? トラベラーズ・チェックやったら、すぐに連絡すれば、なんとかなるらしいで。はよう、センセにいうてきたほうがえいぞ」

「——叱《しか》られるの、イヤなのよ」

「バカなこといいなや。ちゃんというちょったほうがえいぞ。金はだいじながぞ」

なにを老人みたいな説教してるんだと、自分でも呆《あき》れながら、ぼくはけっこう真面目だった。里伽子がさばさばしてるのが、かえって不思議だった。

夏休み中料理屋でバイトして、そのあとも客が多い土・日なんかには頼まれて手伝いにいったりして、それはもちろん金ももらったが、労働のハードさをしると、しみじみ金は大事にしなきゃいかんという心境だったのだ、うむ。

学校が決めた小遣《こづか》いは5万円で、5万円という金額は、なくしてしまって、のんびりしていられる金額じゃなかった。

「もちろん、お金はだいじよ」

里伽子はすました顔でいい、ふいにおかしそうに口もとを歪《ゆが》めたかと思うと、

「ねえ、気を悪くしないでね。土佐弁のイントネーションて、ちょっと時代劇みたいね。ほら、坂本竜馬《さかもとりょうま》なんかがでてくる幕末の」

意味不明のことをいって、ひとりでくすくすと笑いだした。

そうして、あっけにとられているぼくを無視して、

「ねえ、ちょっと座らない？」

プライベートプールに面した白い籐椅子《とういす》に、さっさと座った。

仕方がないので、ぼくも隣の白い椅子に座った。

「ええとね、あたしもパニクってたのよ。ちゃんと説明するわね。お金はほとんど現金でもってきてたの。トラベラーズ・チェックはめんどうでしょ。だから……」

里伽子はガラスドアごしにプールを眺めながら、考え考え、いった。

プールには外国人が10人くらいいて、日本人はふたりくらいだった。ぼくら高校生は、ひとりもいなかった。どういうわけか知らないが、ぼくらの団体は、プールの使用を禁止されていたのだ。

「現金て、ドルのか？」

「そう、ドルの現金なの。400ドルくらい」

里伽子は眉《まゆ》を寄せて、むつかしい顔つきでいった。

「ぜんぜん使わないうちに、見当たらなくなったのよ。どこかで落としたんだと思うけど……」

「ぜんぶ現金でもってくるきぞ。現金は2万円以内ってことやったろう。あとの3万はトラベラーズ・チェックにしろっていわれちょったやんか」

「そんなの、だれも守ってないわよ。なぁに、まるで先生みたいなことというのね。杜崎くんて、そんなに優等生だったの？　聞いた話と、ぜんぜん違うんだ」

里伽子はふいに怒ったみたいに、早口にいった。

里伽子のしゃべり方には、ぜんぜん土佐ふうの匂いがついていない、いわゆる東京コトバで、ぼくは少しばかりどきどきした。

そんなのはテレビでさんざん聞いていたし、ぼくらだって、出るところへ出ればデスマス体でしゃべる。標準語と地方語といったところで、そんなに違いはないと思っていた。しかし目のまえでペラペラとまくしたてられて、思っていた以上に、びっくりしてしまった。うまくいえないが、ニュアンスがぜんぜん違うのだ。

なんつうパキパキしたしゃべり方しやがるんだとびっくりしたし、なんとなくケンカを売られているようで、居心地が悪かった。

それに、〈聞いた話〉とはなんなんだ？

なにもかも、びっくりすることばかりで、ぼくはほんとうに面喰《めんくら》っていた。


「気を悪うしたら困るけんど」

としばらくしてから、ぼくは俯きがちにいった。ともかく、態勢をたてなおすべきだと考えたのだ。

「東京弁て、ケンカ売りゆうみたいやな」

「え、ケンカウリユウ？　ケンカ売ってるってこと？　なに、それ」

たぶん思ってもみないことだったんだろう、里伽子はぎゅっと口をひん曲げて、ぐいと首をねじって、ぼくをじいっと睨《にら》んだ。

「あたし、ケンカなんか売ってないわよ」

「うん」

とぼくはよくわかるというように頷《うなず》いた。

「ぼくも時代劇の俳優じゃないぞ」

里伽子はカンのいい、つまり頭のいいコだった。ぼくのイヤミ——というより反撃がすぐにわかったらしい、みるみるうちに顔をカッと赤くした。

なにかいおうと口をあけかけて、すぐには言葉が出てこないみたいだった。やがて、しぶしぶのように笑った。

「杜崎くんて、すごく意地がわるいわね。ケンカ売ってる、なんていわれたの初めてよ。あたしのしゃべり方、そんなふうに聞こえる？」

「うん。どうせ、みんなもそう思いゆうがで。なんちゃあいわんがは、ヘタなこというた

ら、時代劇みたいやって笑われるきやね、きっと」

「もう、やめてよ」

里伽子はくすくすと笑いだした。機嫌《きげん》をなおしたようだった。

「あたしが悪かったわ。時代劇っていったの、バカにしたんじゃないのよ。でも、ほら、ドラマなんかで、わざと地方のコトバつかうの、あるでしょ。あんな感じがしたんだ。バカにしてるつもりじゃなくて、びっくりしただけ。でも、時代劇っていったの、今が初めてよ。そう思ってたけど、だれにもいってない」

「そのほうがえいぞ」

とぼくは心から、相槌《あいづち》を打った。

自分たちがなにげなくしゃべっているのを、芝居《しばい》みたいだとびっくりされては、うまく話も通じない。

里伽子は椅子の上で、あ～あというように伸びをして、うんざりしたようにぶつぶついいだした。

「言葉ってやっぱり、大切ね。耳になじむまで、相手がなにいってるのかわからなくて。何度も聞き返したりして、すっかり嫌《きら》われちゃったみたいだしさ」

「嫌われたって、だれにだよ」

「クラスのひととか。とくに男子が、ぜんぜん口もきいてくれないわ。クラス委員の松野くんは別だけど。あのひと、親切ね」

「うん。松野はいいやつだ」

といいながら、ぼくはようやく、いろんなことがわかりかけてきた。

「武藤は、ぼくのこと、松野から聞いたがか？」

「うん」

里伽子はきっぱりはっきり頷いた。

「お正月をすぎたころだったかな。帯屋町のお料理屋さんの横んとこで、エプロンして、オケ洗ってる杜崎くん、見かけたのよ。一緒にいた松野くんが、あいつはよく働くなあ、冬休みまでバイトしてたのは知らなかったって、いってた。あれじゃ、カワムラもムキになるよなって。それで、いろんなこと聞いたのよ。中学生のときの反抗ぶりとか、最後には、ふたりきりになっちゃった説明会のこととか、いろんなこと。ねえ、カワムラ先生に意地はって、冬休みまでバイトしてたの？」

「そんなこたァないよ。正月あけは、新年会とかで料理屋も忙《いそが》しいきって、頼まれたが。冬休み、まるまる全部、バイトしよったわけじゃないよ。一週間ぐらいやったかな」

といいながら、ぼくはちょっと複雑な気持ちだった。

あの松野が里伽子に、ぼくらの反抗劇をしゃべっていたというのはフェイントだった。

なにも、隠《かく》しておくほどのことでもないし、しゃべるのが悪いというわけでもないんだけれど、ふたりが共有していたエピソードを、片方がオンナにしゃべっていたというのは、どこか気の抜ける話だった。

それにまた正月のころ、松野がすでに里伽子とデートしていたらしいというのも、びっくりものだった。

(松野のやつ、そんなこと、ひとっこともいわんかったな)

とぼくは思い、もちろん、そんなこと報告する義務なんかないのだが、しかし、いつのまにか親友にガールフレンドができているのを、というのガールフレンドに知らされるというのは、淋《さび》しい感じではあった。

そういった、いろんなことで、ぼくはちょっと、しょんぼりしていた。

里伽子は、そんなぼくを気づかうふうもなくて、

「でも、夏も冬もバイトして、お小遣い、たくさん持ってきてるんでしょ?」

熱心に、ぼくの顔をのぞきこんだ。ぼくは素直にうなずいた。

「うん、たくさん持ってきちゅう」

ようやく、里伽子が見ず知らずのぼくに、金を貸せといってきた事情がみえてきた。

ようするに、ぼくが汗みずたらしてバイトしてるのを、そのでっかい黒目がちの目で見ていて、金がありそうだと踏んだのだ。なかなか筋の通った話だ。いやはや、ひでえ自分勝手なヤツだなと呆れはしたが、ともかく、筋は通っていた。

筋が通りすぎていて、なんだか、里伽子というコがおもしろくなってくるほどだった。

「ドルと円の現金で、ごっそり持ってきたぞ。トラベラーズ・チェックなんか、たるいしな」

といって、ぼくは立ちあがった。里伽子が不安そうに顔をあげた。

「いくら、いるがで」

「いくら、貸せそう？」

里伽子はぱっと顔を輝かせて、アメをねだる子どもみたいに、にこっと笑った。

「円で6万円と、ドルならやっぱり400ドルくらいかな。まだ、ぜんぜん使っちゃあせんし。300ドルくらい、貸してもえいで」

「ほんと？」

里伽子は心底うれしそうににこにこと笑って、身をのりだしていった。

「ねえ。日本円の6万円のほう、貸してくれない？」

それは思ってもみない申し出で、ぼくはぼんやりした。みやげを買うんならドルでいいはずだし、なんで日本円なんだ。しかも6万円というのは、ぼくが持ってきた全財産の半分だ。すごい大金といってよかった。

けれど里伽子はぜんぜん悪びれたふうもなくて、それどころか嬉しそうだった。金ヅルを見つけたオンナのヨロコビに溢《あふ》れていた。

とんでもないヤツだなあとぼくは心底あきれたけれど、そのぶんだけ、おもしろいヤツだとも思った。

たぶん、とぼくは今、考える。

気取っているとばかり思っていた東京からの編入生が、ずうずうしいとしかいいようがないほど気楽に、頼みごとをしてくるのが、ちょっと楽しかったのだ。プライドをくすぐられてもいたのだろう。なにしろ、ぼくは単純だった。

「ここで待ちよれよ」

ぼくはいそいで、自分の部屋に戻った。

バスルームに入って、ベルトをゆるめてズボンをおろし、母親特製のパンティストッキングで作った腹巻をだした。

こういうのは腹がむれるし、なんといっても女ものの〝パンティストッキング〟だ。恥《は》ずかしかったけれども、

「あんたが稼《かせ》いだお金だし、いくら持っていこうと口出しせんけんど、ともかく、このハラマキだけは持っててちょうだい。たとえヒトのお金でも、スラれたときのこと考えたら悔《くや》しゅうて、眠れなくなるきね」

と母親がきっぱりといったのだ。

それはよくわかる心理だったし、ぼくもスラれたりしたら、やっぱり悔しくて眠れないだろうと思ったので、素直に腹に巻いてきた。

あとでクラスのやつらと、金の場所を確かめあったら、なんと半数以上の13人が、腹に巻いていた。人間の考えることは、にたりよったりだ。

ともあれ、ぼくはストッキング腹巻のなかから、くしゃくしゃの1万円札を6枚だして、残りのドルを腹に巻きなおした。

ロビーに降りてみると、里伽子は白い椅子にすわったまま、つまらなそうにプールを眺めていた。

「武藤」

と声をかけると、里伽子はうさぎみたいにぴょんと立ちあがり、ふり返った。ぼくを見るなり、にっこりと笑った。

金ヅルが金をもってきたのだから、笑顔で迎えるのは当然というものだろう。けれど、ぼくは思わず、立ちどまった。

そのとき初めて、ぼくは里伽子はかわいいと思い、そんなふうに思った自分に、びっくりしていた。

「ごくろうさまでした、杜崎のお代官サマ」

里伽子はわざとらしく、芝居がかって、手をこすり合わせてみせた。

日本人の女子大生らしいふたり連れが、ぼくらの横をとおりすぎて、プールに出ていった。ぼくはなんとなく、辺りをみまわした。

ロビーを歩いているのは日本人が多かったが、学校側の注意によると、日本人客めあてのプロのスリなんかも、客を装って泊まっているという。

「ちょっと、そのちっこいバッグ、かせや」

ぼくは里伽子のポシェットを受けとり、そのなかに6万円をつっこんでファスナーをしめて、里伽子に返した。

里伽子はおごそかな顔つきでポシェットをぱってん掛けしてから、ちらりと上目づかいにぼくを見て、弁解がましく笑った。

「ええと、返すアテなんだけど。日本に帰ってからすぐってわけにいかないと思うの。お金おとしたってママにいったら、叱られるし。貯金おろすとか、なんとかするつもりだし、アテはあるのよ。でも帰ってすぐってわけには、いかないと思うんだ」

「まあ、えいぞ。いつでも」

「このこと、だれにもいわないでくれる？」

「えいけど。なんで？」

「ママに知れたら、叱られるし」

「ぼくはわざわざ、おまえの母親に告げ口らぁせんぞ」

といいながら、

（今度は、ママときたか。ぼくのまわりの女子で、ママっていうやつはおらんで）

とすっかり感心していた。感心しているあいだに、里伽子はすうっとぼくの側を離れて、エレベーターのほうに行った。

なにか用事を思いだしたからで、すぐに戻ってくるのだろうと見ていると、里伽子はそのままエレベーターに乗りこんでしまった。ドアはすぐに閉まった。

ぼくはぽかんとして、エレベーターのドアを眺めていた。里伽子がありがとうもいわずに、もらうものをもらうなり、すーっと立ち去ったのが、信じられなかった。

あんまり驚いて、おかげで腹の調子が悪かったことも、気にならなくなってしまったくらいだった。

（へんなヤツだな。なんなんだ、あれは）

面喰《めんくら》ったまま、なにげなくフロントのほうを見て、ぼくはオッと背筋をのばした。10メートルほど向こうに、松野が立っていたのだった。

左手にスイムパンツかなにかをつっこんだビニール袋をもっていて、右手にカメラをぶらさげていた。両手が自由にならないせいで、彼は顎をつきだすようにして笑い、

「よう」

と合図をしながら、ぼくのところにやってきた。

松野の顔は、ほんのすこし、恥ずかしそうに赤らんでいた。

ぼくはふと、彼はたった今、ビーチから戻ってきたのではなくて、ずいぶん前に戻っていて、ぼくらのやり取りを見ていたんじゃないかなという気がして、ふいに狼狽《ろうばい》した。

「あいつ、ぼくのこと知っちょって、びっくりしたで」

ぼくは目についた白い籐椅子に、すとんと腰をおろした。まるで浮気の現場を夫に見られた間男みたいに、すっかり慌《あわ》てていた。

「おまえら、ふたりでデートしよったとき、ぼくを見かけたがやってにゃ」

「デートじゃないよ」

松野もとなりの籐椅子に座りながら、心からびっくりしたように笑った。

「たまたま、正月あけの帯屋町で、ばったり会《お》うてよ。どうせダメモトで映画さそったら、すんなりＯＫで、こっちのほうが驚いたぞ」

「ふーん」

「なに話してえいかわからんし、おたおたしよったら、おまえが『いわさき』の裏のほうで、ポリバケツ洗いゆうが見えたき、もうちょっとで声かけるとこやった」

「なんで、声なんかかけんだよ。ふたりきりで、えいやんか」

「いや、ああいうのはほんと、気疲れするで。ふたりよか、３人のほうがまだ助かる」

という松野の口ぶりに嘘《うそ》はなく、心底、そう思っているようだった。

「声かけよう思うたら、店から出てきた、ゾク上がりみたいな板前が、すげえ勢いで、おまえ怒鳴りつけたやんか。ああいうとき、声かけたら、また板前に叱られるんじゃないかと思って、やめといた」

「うん」

とぼくはしんみりしながら、頷いた。松野のいうとおりで、正月に手伝いにかりだされたときも、さんざん板のやろうに怒鳴られていたのだ。

彼はそのときのことを思いだしたのか、にやにや笑った。

「けど、おかげで話題もできたし。あいつ友達で、杜崎っていうんだ、みたいなネタになってくれてさ。助かったぞ」

「そのネタのおかげで、いま、借金申しこまれたがぞ」

といって、ぼくはわざとらしく笑った。もちろん、里伽子が、

(このこと、だれにもいわないでね)

と念を押したのは、覚えていた。

しかし、ぼくのカンによれば、今は緊急事態《きんきゅうじたい》だった。

里伽子との約束なんかより、松野との友情のほうがよほど大事だったし、誤解の芽は、さっさと摘《つ》んでおいたほうがよかった。

「借金て、武藤が、おまえに?」

「うん。なんか、小遣いを落としたかしたがやと。で、ぼくが通りかかったんで、がっちり稼いでいるの思いだしたがじゃないがか。金貸してくれってさ」

「へえ、小遣い落としたがか。そいつぁ、むごいね」

松野はあやふやにいって、しばらく黙りこんでいたが、ふと思いだしたようにいった。

「なあ、街に出て、うまいもんでも喰わんか。ランチボックスのサンドがあんまりまずい

き、おれ、いっこしか喰えんかったで。腹すいて、戻ってきたとこやけど」

「えいにゃぁ、オゴッちゃうぞ。がっぽり稼いで、もってきちゅうき」

「よし。ほんとに、オゴれよ」

松野は嬉しそうに立ちあがり、ビニール袋とカメラを持ち直した。

「これ、部屋に置いてくる。すぐ、くるき、ここで待ってってくれや」

松野は行きかけて、思いだしたようにカメラをぼくに預けて、エレベーターのほうに走っていった。

かなり長いあいだ、松野は戻ってこなかった。

あとになって知ったのだが、松野はこのとき、里伽子の部屋にいって、金を貸すのを申し出ていたのだ。恋する男はけなげだ。そうとしかいえん。

それを知ったのは、その日の夕方だった。


その日の夕方、ディナー・セイルとかいって遊覧船にのって、ショーを見ながらビュッフェのメシを喰うという、高校生の集団旅行にしては出血大サービスの計画で、ぼくらは船に乗せられた。

でかい船には、外人のおのぼりさん団体もごった返していた。ぼくら高校生の団体と、日本人のいくつかの団体とで、ナワバリ争いをしているような騒ぎだった。

とてものことに、ムードたっぷりに太平洋の夕景をながめる暇《ひま》も、余裕《よゆう》もなかった。船のうえで、運動会をやっていたようなものだ。

ぼくは、ビヤ樽《だる》みたいにでかい、すげえでかい声の外人のおばさんを押しのけて、パサパサのピラフに、ビーフシチューをぶっかけた一皿をとり、一歩あるくたびにだれかにぶつかりながら、もぐもぐとメシを喰っていた。

ふいに、肘《ひじ》かなにかで背中を押されて、

(気ィつけろ)

と睨みをきかせるつもりでふり返ると、サンドイッチを握りしめた里伽子が立っていた。

「おう」

昼間のお礼でもいうつもりなのかと、ぼくは思わず笑いかけた。里伽子はむっと眉をよせて、

「だれにも、いわないでっていったのに。すぐに、松野くんにしゃべっちゃったのね」

ボソボソと、低い声でいった。

まわりはガヤガヤと人の声で騒がしかったし、どこからか、タイコだかギターだかのシ

ヨーの騒音（いやいや音楽や）は聞こえるしで、ぼくは大声で、ええ？　と聞き返した。

「松野がどうしたって？」

「お小遣いあまってるから、貸そうかっていってくれたのよ」

「へえ」

とたんに、ぼくはしんみりとした気持ちになり、松野くらい、いいヤツはいないなァとしみじみ感激してしまった。

「あいつ、いくら貸すって？」

「2万円、借りたけど」

里伽子はむっつりといって、

「松野くんにはいっちゃったから、仕方ないけど。もう、ほかの人にはいわないでね。ほんとに困るわ。杜崎くんて、男のくせに、けっこうおしゃべりなんだから」

眉をひそめて、捨てゼリフのようにいうなり、ぷいと顔をそらした。そして人をかきわけて、さっさと甲板のほうに出ていってしまった。

ぼくはあっけにとられて、里伽子のうしろ姿を見送った。

なにからなにまで、信じられないようなヤツだな、

（どういう育ち方したら、あそこまで、自分勝手なこと、ほざけんだ）

といった心境だった。

高知に帰ってきて、男子のあいだを怒濤《どとう》のようにかけめぐった写真帳の中から、ぼくはいろんな写真にまぎれこませて、里伽子のも一枚、買った。

膝《ひざ》を抱えたポーズのせいか、腿《もも》や腕の感じがちょっとなまなましすぎるほどで、かすかに眉をしかめているのも雰囲気があって、男子の間では、とぶように売れたやつだ。

写真のなかの、水玉もようの水着姿の里伽子は、よもやズームで隠し撮りされているともしらず、媚《こ》びも笑いもせずに、自分の体をさらけだしていた。

そんな無防備な里伽子の写真を手元におくことで、ぼくはすこし腹いせをしたつもりだった。なにがどう腹いせになるのかといわれると、うまく説明できないけれど、自分の知らないあいだに、不特定多数の男子に、自分の水着姿をみられている里伽子に、ザマァミロという気分があったのは、確かだと思う。

けれど、里伽子への反感も、春休みになるころには、忘れてしまった。単純な性格の人間て、そういうものだ。

ぼくはまた、例の料理屋に頼まれて、少しだけバイトをやり、アサシオ山尾らと神戸に遊びにいったりした。大阪城ホールのロックコンサートにもゆき、じきに六年生の新学期を迎えた。

学校が始まってみると、クラス編成で、ニュースがふたつあった。

ひとつは、ぜんぜんたいしたことじゃないが、あの因縁の数学教師カワムラが、ぼくのクラス担任になったこと。

もうひとつは、里伽子と同じクラスになっていたことだった。

第四章

里伽子ふたたび

アサシオ山尾がアパートに遊びにきたのは、電話をかけてきた翌日だった。

「おう、拓ぅ。かわってないな、おまえ。なつかしーなー」

玄関《げんかん》からはみ出しそうな巨体をゆすぶって笑うアサシオ山尾は、たしかに懐《なつ》かしかった。

ぼくの部屋をぐるりと見まわして、

「ちんまい部屋で、おちつくなァ」

といったときは、どうせマンション暮らしのおまえとは違うよと、ケリ入れてやろうかと思ったけれど、それにしても知った顔をみるのは、やっぱり嬉《うれ》しいものだ。

アサシオが買ってきた天丼《てんどん》弁当やカップ入りのインスタントミソ汁《しる》、ボトル入りのウーロン茶をずらっとテーブルに並べて、弁当を喰《く》いながら、ぼくらはいろんな話をした。

アサシオは医者のひとり息子で（妹がいる）、成績に関係なく、いずれどこかの医学部にはいるのを運命づけられたヤツだった。

なりたくもない医者になるために、親が金をつんで私立の医学部に押しこんだわけで、彼はこれからの東京生活に、かなり悲観的になっていた。大学の勉強についていけるだろうかとか、東京は人が多すぎて迷子になるとか、グチっぽいことばかりいう。高知の思い出話になってようやく、声がはずんだ。

「そういえばな、拓。昨夜な、小浜から電話あってさ。おまえと話したすぐ後に」

ミソ汁をずるずる飲みながら、アサシオはようやく、自然にその話題にもちこめるのを喜ぶように、にこにこ笑っていった。

「いまだから、いうけどさ。おれ、小浜祐実のこと、好きだったがぞ」

ちょうど、ウーロン茶のボトルキャップをとろうとしていたぼくは、

（げっ！）

と思いはしたけれど、友情のために我慢して、真面目《まじめ》な顔をしてみせた。

「そうか」

「そうなんだ」

「そうか、うーむ……」

ぼくはそれ以上、なんといっていいのかわからず、口ごもった。

高校を卒業した直後ともなれば、こういう話題が出てもおかしくないわけだが、それにしても相手がアサシオで、もう一方が小浜祐実だというのがオドロキといえばオドロキだった。

「そうか。おまえ、小浜かァ。あの子は可愛かったよ、たしかに。ぷっくりしてたしな」

「うん」

アサシオはしみじみと頷《うなず》き、

「おれ、あいつと三年のとき、同じクラスでよ。六年で、また同じクラスになれてラッキー！　だったけど、あいつリカちゃんと仲よかったやんか。おれ、リカちゃんみたいなの苦手やき、話しかけれんでよ。惜《お》しいことしたよな。昨日、小浜から電話もらって、どきどきしたぜ。こっちからは電話かけよったけど、小浜からっていうのは初めてだったしなー」

「よかったじゃんか、電話もらえて」

「まあな。それがな、小浜のやつ、リカちゃんの連絡先、聞いてないがやと。で、東京組の連中、だれか住所か電話番号しらんかって話でさ」

「へえ……」

ぼくはウーロン茶をコップにいれつつ、内心ではおどろいていた――というより、昨夜、小浜に電話しなかったのは正解だったなと詰まらないことを考えていた。

「さすがに、リカちゃんの母親には聞けんしってさ。で、おれは知らんし、拓だって知らんぞ、リカちゃんが東京きたのも知らんかったみたいだぞってゆうたら、小浜、びっくりしよった。杜崎が知らないんじゃ、だれも知らないよねーって」

「うーむ」

ぼくは唸《うな》った。どうして、ぼくと里伽子の名前がこうもカップリングで出てくるのかと腹がたつが、一部ではいまだに、ぼくらの仲を誤解している連中もいるのはしょうがないのかもしれない。なんといっても、ふたりきりで泊まりがけの小旅行をして、自謹処分《じきんしょぶん》になる寸前だったんだから。

「あいつ、ショックうけちゅうみたいやった。リカちゃん、落ちついたら、ちゃんと連絡するきっていってたらしいけど、ぜんぜん連絡なくて、ひどいってさ。女子って、つきあい濃《こ》そうにみえて、うすいのな」

なかなかシビアなことをいうわりに、アサシオの口ぶりは、なんとも嬉しそうだった。

かつてのマドンナから電話をもらった幸福を、しみじみと噛《か》みしめているらしい。

「あいつな、最後には怒りだしてよ。あんなに仲よくしよったに、こんなのはヒドイって。〝里伽子に利用されてたみたいな感じする〟っていいだしてよう」

「利用ってか」

「うん。なんか、よくわからんけどな」

「ふむ」

「まあ、なんだかんだで慰《なぐさ》めたりして、おれは楽しかったけどよゥ」

どこまでも嬉しそうに、アサシオは笑った。

小浜が、里伽子の友情がたりないと怒っていることさえも、そういう話し相手になれたことに満足してるみたいだった。

アサシオはひとりのマンションに帰るのがイヤみたいで、テレビを見たりして、夕方までごろごろとぼくの部屋にいた。駅まで送りがてら、駅前の釜飯屋《かまめしや》で、いっしょに夕飯を喰った。

今度は彼のマンションに遊びにいく約束をして、ぼくは途中で、ジャンプを買って帰ってきた。

風呂《ふろ》に入って、テレビのスイッチをいれて、雑誌をもってベッドに寝そべりながら、ふと、小浜のことを思いうかべた。

(里伽子に利用されてたみたいな感じがする、かぁ)

そうだったのか、小浜はいま、そんなふうに思っているのか。

ハデな里伽子にいつもくっついて、恥《は》ずかしそうに笑っていた小浜が、ふと思いうかんだ。小浜がそう思うのも無理はないかもしれないなあ、という気がした。

それはそのまま、ぼくの気持ちかもしれない。

ぼくも里伽子に利用されたクチなんだ。そう思うのは腹がたつけれど、それは事実だからしょうがなかった。

小浜のいう〝利用〟が当たっているのかどうか、よくわからない。

ともあれ、六年生になって一週間もしないうちに、里伽子と小浜は、めだって仲よくなっていた。

クラス分け初日に、たまたま席がとなり合った仲だとかで（よくあることだ）、ふたりで誘いあって一緒《いっしょ》に登校したり、放課後も、肩をならべて帰っていくのを何度か見かけた。

「祐実、美術室でおベントしよう」

なんてセリフを、昼休みにふと耳にして、ふり返ると、ふたり仲よく弁当をもって、いそいそと教室を出ていくところだったりした。

男子の一部では、あいかわらず注目株の里伽子が、小浜祐実と急速に仲よくなってゆくのは、けっこうクラスでも目をひいた。

めだつ里伽子と、さしてめだたない小浜のユニットが、素朴《そぼく》にふしぎだったのだ。こういう言い方は、小浜には悪いのだけど、やっぱり、

（女王さまと侍女《じじょ》）

というのか、金魚のフンというのか。ようするに、ひきたて役みたいじゃないか——というのが、だれも口にはしないものの、クラスメートの一致《いっち》した考えのようで、ぼくはそ

こまでシビアな見方はしなかったけれど、

（へえ、あの武藤でも、ちゃんと女子と仲よくできるのか）

とちょっと感心した。

五年生で編入した当時、里伽子はクラスで浮いちょったというし、ぼくは勝手に、里伽子みたいなタイプは、同性とはうまくいかないんだろうなーと思っていた。でも、そうでもなかったわけで、めでたいというか、なんというか、

（まあ、よかったじゃないか）

というのが素直な気持ちだった。

そのころのぼくの、里伽子に関する唯一《ゆいいつ》の気がかりは、

（それにしても、金はどうなってんだ）

というものだった。おなじクラスになってからも、里伽子は一度だってぼくに近づいてきて、

「お金、いついつまでに返すわね」

とか、そういったことをいわなかったのだ。

それどころか、金を借りたことも、すっかり忘れているふうだった。

（今さら、ありがとうというとも思わんけど、これはないよな）

とぼくは思い、教室で里伽子の顔をみるたびに、ちょっとだけ視線が止まった。それは金の恨《うら》みのせいだと、ぼくはずっと信じていたわけだった。もちろん今となっては、そんなふうには思っていないけれども。

その、急速に里伽子と親しくなった小浜祐実から、ふいに電話をもらったのは、ゴールデンウィークの初日だった。つまり四月二十九日だ。

かなりいい天気の日だった。その日、ぼくは朝の9時から、律儀《りちぎ》におベンキョウしていた。

それはつまり、新しい担任になったカワムラのせいでもあった。

あいつが担任として、ぼくの全課目の成績をチェックする権利があるのが、むなくそが悪くてしょうがなかった。せめて、ケチをつけられない程度の上昇カーブを描いてやると、ひそかに熱血していたのだ。

「もしもし、杜崎？」

受話器から流れてくる小浜の声は、どこかせっぱつまっていて、ぼくはけっこう驚いた。なんといっても、小浜とは、電話をもらうような仲ではなかったのだ。

「よう、小浜か。公衆電話か、これ。声がヘンだぞ」

「うん。今、西武前の公衆電話のとこ。里伽子と待ち合わせしてたの」

「ふーん、どっか遊びにいくがか」

「それどころじゃないのよ、杜崎ィ」

小浜は泣きそうな声でいった。すっかり取り乱していた。

「どうしたんだよ。なんかあったのか」

「里伽子とね。一緒に、大阪のコンサートいって、大阪で一泊して、神戸いって一泊する約束だったの。母さんも、武藤さんなら安心だっていってくれたがよ。このさき受験で忙《いそが》しゅうなるし、遊べんなるき、高校生活最後の友達旅行もいいだろうって」

「ほー、いいじゃんか、だれのコンサートだ」

「ちがうがよ。里伽子ったら、ほんとは東京にいくっていうが。最初から、そのつもりながやったって。いま、あたしトイレに行くってゆうて、電話かけゆうが」

「なんだ、それは」

「二泊して帰ってくるのは同じやき、えいやんかって、里伽子はいうけど。切符買うの、里伽子の役目で、里伽子、もう東京ゆきの買ってあるって。見せてもらったけど、ほんとに東京ゆきなのよォ。あたし、母さんにウソつくことになっちゃう」

小浜はますますしどろもどろになり、ヒステリックになった。

ぼくもすっかり仰天《ぎょうてん》して、けれど、仰天すると同時に、これはウソじゃないなと直感した。小浜の取り乱しようよりも、

(あの、自分勝手な里伽子なら、それくらいやるかもな)

という気がしたのだ。

「おまえ、落ちつけよ。なにも、一緒にいくこたァないやんか。アタシ行かんとかいってさ。武藤ひとり、ほっちょったらえいやんか」

「だめよ!」

小浜は思いつめたようにいった。

たぶん、びっくりしすぎて、頭が冷静に働かなかったのだろう。

「里伽子のお母さんも、あたしが一緒やきOKしたがやと。だから、絶対、一緒にいってくれっていうの。迷惑《めいわく》かけんきって」

「ちゃんと迷惑かけゆうやんか。おまえにウソついてさ」

「そりゃ、そうだけど。ねえ、どうしたらいい?」

「どうしたらって……、突然、いわれても」

ぼくもまた、しどろもどろになりながら、ふいに、肝心《かんじん》なことに気がついた。

「どうして、ぼくにきくがな、そういうことを。ぼくは関係ないろう」

「だって、東京のドコに泊まるの、お金だって、そんなに用意してないっていったら、杜崎にお金かりてるっていうがやもん。ふたりが、そんなに仲いいの知らんかったけど、お金貸すくらい仲がえいがやったら、里伽子、説得できると思って。ねえ、杜崎の電話番号、2組のミツコに聞いたのよ。あたしも必死ながやき。これ以上、遅いと疑われるわ。杜崎、空港のほうに来て、里伽子とめて。あたしたちの乗る便、11時何分とかだから、まだ1時間以上もあるき」

「1時間以上もって……」

あっけにとられている間に、

「たのむから、ぜったい、きてね」

小浜は悲鳴みたいな声でいって、電話をきった。

ぼくはふと腕時計をみた。9時半をすぎたところで、たしかに時間はあった。車でかければ、30分で高知空港につく。

ぼくは二階にかけあがり、壁にかけてあったジージャンのポケットから財布をとりだして、中を調べた。

8000円とちょっとという所持金だった。ぼくはぶつぶついいながら、机のひきだしから、虎の子の4万円をとりだした。バイトで入った金の、最後の残りだった。

自転車にとびのって坂道をくだり、角のタバコ屋のところで自転車を乗りすてた。通りかかったタクシーをとめて、

「空港まで」

といった。

ぼくが空港にかけつけようと思ったのは、小浜のためではなかった。うまくはいえないが、里伽子に腹をたてていたのだと思う。

（ハワイで、金落としたとかなんとかいいやがったのは、みんなウソか。この日のために、着々と準備してたわけかよ。ふざけたヤツだよ、くそったれー）

というような気分だったのだ。

たぶん、里伽子は自分の小遣《こづか》い5万円をまるまる手元に残しておいたのだろう。そして、ぼくから6万円も（この時点で、6万円も、という気分になっていた）借りた。東京ゆきの費用のために。

おまけに、あの松野から2万円を借りたんか。あの、里伽子にひそかに惚《ほ》れちゅう松野から。それはちょっと、ヘコいぞ。

それまでの人生で、あれくらい機敏に行動したことがなかったというくらい、ぼくがき

びきび行動したのは、そういった、いろんなことで怒っていたせいだと思う。

人間、怒ると思いもかけんことをするものだ。


タクシーが空港についたのは、10時半をまわっていた。

G W《ゴールデンウィーク》の初日で、空港はめったにないほどの混雑ぶりだった。空港内に一歩入ったところで、左奥の売店横にあるソファのほうから、転がるように駆けてくるのがいた。小浜祐実だった。

「杜崎、やっぱり来てくれたんだ」

小浜はみるからにホッとしたように、顔をほころばせた。

「武藤は?」

あたりはボストンバッグをさげた家族づれや学生でごった返していたが、里伽子の姿はなかった。

「それが、空港に着くなり、あのう……」

小浜はふいに顔を赤らめて口ごもり、パッと俯《うつむ》いた。

「里伽子も緊張《きんちょう》してたのか、いろいろ予定が狂ったらしくて……」

「……予定って」

ぼくは拍子《ひょうし》抜けして、思わず声に出してしまった。

「つまり、アノ日かよ」

とたんに小浜に睨《にら》みつけられて、あわてて口をつぐんだ。

とはいえ搭乗《とうじょう》手続きまえに、アノ予定が狂ったおかげで、小浜も救われたのだ。でなければ里伽子に抵抗できないまま、搭乗手続きされてしまうところだったんだから。

かんじんの里伽子は、トイレにいっている、らしかった（小浜もはっきりとはいわなかったが、どうやら、そのようであった）。トイレも混んでいるようで、里伽子が姿をけしてかれこれ10分はたっているという。

「里伽子、すごく調子わるそうやった。このまま体調崩《くず》してくれたら、旅行とりやめになって助かるんだけどな」

「おまえな、そういう他力本願なこというの、やめや」

ぼくはすっかり呆《あき》れて、説教口調でいった。

「武藤もムチャクチャだよな。おまえ友達なら、しゃんとして説教のひとつやふたつ、ビシッときめてやれよ」

「でも、里伽子がどうしても、パパに会いたいっていうし、かわいそうだなとか思って

「……」

「パパって、おやじさんか」

ぼくはちょっとだけ、語気が弱まった。

そういうのはフェアじゃないと思いつつ、父親に会いたくて東京に行くというのは、やっぱり、けっこう説得力があった。

ぼくがしんみりしたのをスルドク突くように、小浜は息をはずませた。

「ね？　やっぱり、かわいそうじゃない？　里伽子のお母さん、お父さんと連絡も取らせんがやって。半年以上も会ってなくて、さびしくってたまらないんだとかいわれると、あたしもいろいろとさ——」

「じゃ、友情に免じて、ついてっちゃれや」

「でも、母さんにウソついちゃう。バレたら、父さんにすごく叱《しか》られるわ。女だけで泊まりがけの旅行して、コンサート行くのだって、いい顔せんかったのに。里伽子がすごぉく成績がいい優等生だからって、しぶしぶOKしてくれたがやもん」

「親って、そういうもんだよな」

「でも、父さんが悪いわけじゃないし。やっぱり里伽子がウソついたりしたから……」

といいながら、小浜はすん、と鼻をすすった。

（話にならんな）

小浜はすっかり里伽子に主導権を握られていて、自分で判断することをてんから捨てているようだった。ぼくはフーッと大息をついて、トイレのほうをちらちら見た。

5分ほどして、人ごみのむこうから、里伽子が小さめのボストンを重そうにさげて、戻ってくるのが見えた。

里伽子も当然ながら、ぼくを見たのだろう、

（あ）

という口のカッコをして、すぐにきゅっと口もとをひきむすんで、ずんずん近づいてきた。ぼくらの前に立った里伽子は、小浜をすばやく睨みつけた。

「祐実が連絡したの？」

「だって、あたし、やっぱり……」

小浜はおずおずと、ぼくの後ろに隠《かく》れるようにした。

「ねえ、里伽子。こんなウソついて行くの、やめようよ。ちゃんとお母さんにいってさ……」

「ママは絶対に、行かせてくれないわよ。だから、ずっと前から準備してたのに」

里伽子は悔《くや》しそうにいって、ふいに目をこすった。目にゴミが入ったようでもあるし、

涙ぐみそうになるのを、精一杯の虚勢《きょせい》で、こらえているようでもあった。

「まあ、待ちや。こうしろよ。小浜、今すぐ、家に電話せーや」

ぼくはなんだかいたたまれない思いがして、気がつくと口を出していた。

いたたまれなかったのは、うまくいえないけれど、親が離婚したばかりに、父親に長いこと会ってなくて、なつかしさ止《や》みがたく会いにいく――というのが、なにか、あまりにクサい情況に思えたからだった。このうえ、まさかとは思うが、ここで里伽子が泣きだしたりしたら、目もあてられないと思った。ともかく、猛烈《もうれつ》に照れ臭かった。

「おまえ電話してな、空港で気分が悪くなったから、帰るっていえよ」

「え、でも……」

と小浜が気がかりそうに里伽子の顔色をうかがうのを無視して、ぼくはきっぱりといった。

「で、武藤もすごく心配したんだけど、コンサートチケットもったいないから、ひとりで行ってもらうことにしたって。悪いことしたとかなんとか、武藤にハナもたせてさ。おまえの親も、なんだかんだゆうて、おまえが心配なだけだし、まさか武藤のことまでは、ごちゃごちゃいわんろう」

「そうよね。母さんも父さんも、里伽子のお母さんのこと知らんし。母さんたち、里伽子のお母さんに告げ口せんき。ほんと、絶対に。約束する」

小浜は急に元気づいて、ぼくの後ろから、熱心に里伽子に笑いかけた。

里伽子はぷいと横をむいて、きゅっと奥歯をかみしめるように唇《くちびる》をひきしめたあと、

「いいわよ、それで」

投げつけるようにいった。

小浜はとびあがるようにして、いそいで公衆電話に走りだした。よほど、ホッとしたみたいだった。

そんな小浜のうしろ姿を眺《なが》めていると、現金なもので、

(やっぱり、お嬢《じょう》さん育ちやねェ。発想転換して、東京で遊んでこようって気にならんところがエラいよな。ぼくなら、ディズニーランドあたりに、ひとりでも行ってくるけどな)

感心していいのか、気が抜けていいのか複雑な気持ちだったが、ふと気配を感じて視線を移すと、里伽子がじーっとぼくを睨んでいた。

里伽子の顔色はひどく悪かった。

白っぽい、かさついた顔で、目を辛《つら》そうにほんのすこし細めている。

その顔が、まるで怒っているように見えたのだが、怒っているというより、苦痛に耐《た》えているというほうが当たっている表情だった。

「おまえ、体調よくないいんだって」

おそるおそる声をかけると、里伽子ははっきりと目をみひらいて、

「あたり。あたし、生理の初日が重いの。貧血おこして、寝こむときもあるのよ。男にはわからないでしょ、どうせ」

まるでケンカを吹っかけるような勢いでいった。

たぶん、里伽子はほんとうにケンカを吹っかけていたのだろう。

男にむかって、わざわざ生理の初日がどうのこうのという理由がないし、ぼくを脅《おど》すつもりだったとしか思えない。そして、ぼくは確かに、いっきに混乱した。

どうせハッタリに決まっていると思いながら、里伽子の表情はたしかに強《こわ》ばっていた。

ひどく辛そうだった。ちょっと同情したくなるほど。

「おまえ、どうしても行くがか」

「借りたお金、パパからもらうわよ。ちゃんと返すから、心配しないでよね。おなじクラスになってから、いっつも、金返せって顔であたしを睨んでてさ。杜崎くんて、根にもつ

タイプよね。おまけに、すごいおせっかいで」

「根にもって、おまえ……」

どうしてこう、こいつはカンに障《さわ》ることしかいわないんだと腹をたてながら、そのくせ、ぼくは頭のなかで、すばやく計算していた。

父親に会って、ぼくの金を返してもらうつもりなら、ぼくは今日中に、6万円が手に入ることになる。

その金で、どっかのビジネスホテルとかいうところに泊まって、帰りのチケットで帰ってくりゃあ、それでえいわけだ。行きも帰りも、小浜のチケットがある。

里伽子が無事に父親に会いさえすれば、あとは父親と娘のことになる。貧血をおこそうが失神しようが、ぼくの知ったこっちゃないわけだ。

そう、ようするに、付き添《そ》っていってやってもいい。

そうすれば、体調のわるい里伽子を、ひとりで行かせることになっちまった責任というか、後ろめたさからも逃れられるし……。

とそんなことを考え、バカなことを考えてんなァと反省しながら、

「おまえ、ひとりで行くのが不安なら、ぼくも一緒に行っちゃろうか」

気がつくと、ぼくはそういっていたのだった。

そのくせ、いいながら、たぶん里伽子は例によって、とんでもないおせっかいだとせせら笑うだろうと、心のどこかで思ってもいた。

だから、里伽子がふしぎそうに眉《まゆ》をあげて、ほんの一瞬のあとに、

「ほんと？　ほんとにそうしてくれる？」

と素直すぎるほど素直に、

（よかった！）

という響きを滲《にじ》ませて口もとをほころばせたとき、とっさに、

（しまった。また、ヤラれた！）

という気がしてしまった。

なぜ、そんなふうに思ったのか、わからない。きっと、里伽子が断ると思っていたのに、すんなり受け入れられてしまって、びっくりしたのだろう。

びっくりしすぎて、照れ臭さの裏返しで、里伽子にヤラれた——みたいに思ってしまったのだ、たぶん。


電話でうまく両親に（ウソの）事情を説明して、Vサインをつくって戻ってきた小浜は、

ぼくが里伽子につきそっていくと聞いて、えっ！　と絶句した。

「あたしの体調悪いから、杜崎くんが羽田までつきそってくれるって。祐実のチケット、杜崎くんにあげていいでしょ？」

うむをいわせぬ口調とは、ああいうのをいうのだろう。

里伽子の口調には、この件について、ごちゃごちゃいわれたくない、あなたも黙っててね、途中で降りたんだから、せめて、それくらいの協力はしてよ、という暗黙の命令形があった。

冷静に考えれば、クラスメートの男子と女子が、ふたりきりで東京に行くわけで、地方の高校生としては、かなりドラマチックな設定ではあった。

けれど、ぼくはどうしてか、ぜんぜん心配はしていなかった。

なにしろ里伽子は父親に会いにいくのだし、ぼくは金をもらって一泊だか二泊だかして帰ってくればいいのだ。清廉潔白《せいれんけっぱく》なものだ。

うまく時間があれば、映画をみるとか、大きなレコード屋にいって、たくさんチェックをいれるとか、することはたくさんありそうだった。

「あたし、絶対に、ヒトにゆうたりせん」

しばらくして、小浜はようやく我にかえったように、強ばった顔でいった。

ようするに、小浜は根っからの、お嬢さん育ちだったのだ。なんといっても造り酒屋の娘やもんな。

「東京ゆき11時35分発、１５３便の搭乗手続きは、あと10分で終了《しゅうりょう》いたします。搭乗手続きがおすみでない方は、おいそぎください」

やにわにアナウンスが聞こえてきて、ぼくらはあわただしく、カウンターに急いだ。

里伽子が手続きしているあいだに、ぼくは公衆電話に走って、アサシオ山尾に電話をした。アサシオはちゃんと家にいた。

「おい、今日、泊まりがけでどっかにいってる連中、知っちゅうか。うちのクラスでも、よそのでもいいけど」

「なんだ、突然」

アサシオはびっくりしたようだったが、それでも、

「クラスの青木とか東海林《しょうじ》なんかが、チャリで安芸《あき》あたりまでツールするようなこといいよったぞ」

と教えてくれた。

ぼくは礼をいって、すぐに家に電話した。家を出るとき、まだ寝ていた弟の敦《あつし》は、プールにでも行ってるんじゃないかと不安だったが、

「もしもしィ」

ちゃんと寝ぼけ声で、電話に出てきた。

「おい、敦。角のタバコ屋にな、自転車ほうってるから、それ、スーパーの駐輪場でもどこでもいいから、運んどけ。でな、母さん帰ってきたら、友達と泊まりがけで、安芸のほうにいくっていってたとか、うまくいうちょってくれや。二、三日うちに帰るき」

「ほんとは、どこいくがで」

妙にカンのいい敦は、クソ生意気そうな口ぶりでいった。

「どこでもいいだろ。帰ってきたら、小遣い5000円やる」

「よし、もらった」

敦はにわかに元気よくいって、ごちゃごちゃいわずに、それどころか、ぼくの気の変わらないうちにとアセッたのか、すぐに電話をきった。

このところ、生意気になってはいるが、そういうところは安心できるヤツだった。

ぼくはなんとなく、すべてが丸く収まったような気分になって、カウンターに急いだ。

やがて、里伽子とすこしだけ離れてチェックゲートをくぐった。小浜は心配そうに、ぼくらを見送っていた。

ゲートをくぐってからも、小浜はまだ見送り用のガラス窓にへばりつくようにして、里

伽子に手をふっていた。里伽子はツヤのない笑顔で、

(もう帰りなさいよ)

というように手ぶり身ぶりをしていた。

やがて、ぼくらは改札のはじまった行列に加わった。家を出て1時間ちょっとのあいだに、ぼくはいわゆる〝機上の人〟になってしまっていた。

機内はぎっしりと、空席ひとつないといった混みようだった。

ぼくはイヤホンでポップスを聴きながら、機内誌をすみからすみまで、じっくりと読むことで、1時間のほとんどを費やした。

となりの席で、里伽子は窓の外をじいっと見ていた。

気分が悪いのはウソではないようで、ときどき眉《まゆ》を寄せたりしていたが、それ以外は、変わったところはなかった。

それどころか東京に近づくにつれて、やっぱり気分がたかぶるのか、なにかいいたげに、何度もぼくをふり返った。が、すぐに思い返して、黙りこむのだった。

いよいよ着陸態勢にはいって、シートベルトのサインがついてから、ぼくはイヤホンを

はずして、

「なあ、おい」

里伽子に話しかけた。

里伽子は、ん？　というように顔を向けた。とぼけたような顔が、子どもみたいだった。

「おまえが行くの、おやじさん、ちゃんと知ってんだろ。羽田に迎えに来てんのか？」

「来てないわよ、きっと」

「おやじさん、ぼくの泊まるとこなんか、紹介《しょうかい》してくれるかな」

「もちろんよ。頼んであげるわ」

と里伽子はいって、それまで見たことがないような気の抜けた――つまり、ひどく緊《きん》張感《ちょうかん》のない笑顔を見せた。そのとき初めて、

（こいつ、転校してきてからずっと、慣れないトコで、気ィはって暮らしてたのかな）

ふと、そう思った。

確かに里伽子は気がゆるんでいたんだろう、意外なことをいいだした。

「あたしね、パパに会ったら、頼むつもりでいるんだ。パパと一緒に暮らしたい、東京に戻りたいって」

「ふうん」

ぼくはびっくり仰天した。そういう重大なことを、関係ないぼくに、するりというのが意外だったのだ。けれど、里伽子がそういう気持ちでいるのなら、それはそれで、まあ、いいだろうと納得する部分はあった。

「やっぱり、高知はぴったりこんか。田舎だし」

「そうじゃないけど……」

と里伽子は言葉をさがすように眉をひそめた。

「あたしが転校した理由とか、みんな知ってるみたいよね。それで同情されてる感じがして、そういうのもイヤだし」

「そうか」

ぼくはあいまいに唸った。

まあ、たしかに里伽子の知らないところで、里伽子の一家のことは話題になっていた時期もあった。

せまい街のことだし、親どうしの情報交換なんかもあって、里伽子の両親が別れたことはみんな知っている。そして、たぶんみんな、素朴に同情していた。ぼくの母親だって同情していたし。それがイヤだといわれれば、しょうがないか。

「おまえ、プライドが高いのな」

「そうかもしれないけど。でも、元のクラスメートは、うちがいろいろモメてたの知ってたんだろうけど、無視してくれてたわ。それで、すごく気が楽だった」

「無視してたんじゃなくて、興味なかったがやろ、きっと」

とぼくはなにげなしに、笑いながらいった。

「プライド高い連中ばっかりで、興味があるのは自分ばっかりってか。まあ、いいと思うけど、それでも」

ぼくは意地悪をいったつもりはなくて、まあ、ゆうたら売り言葉に買い言葉というやつや。

けれど、もちろん冷静になって考えれば、アノ日の初日を迎えて、貧血ぎみで、なおかつ、これから母親をだまくらかして父親に会いにいくんで興奮《こうふん》している女の子に、いうセリフじゃなかったのかもしれない。

里伽子はそれっきり、空港に着くまで――

いや着いてあとモノレールに乗っている間も、ひとっことも口をきかなかった。怒っていたのだろう。当然というものだ。

思えば、このあたりから、この小旅行にはすでに暗雲がたちこめていたのだ……。

モノレールの中もぎっしりと人で埋まっていて、吐《は》き気がするほどだった。

モノレールが浜松町につき、山手線《やまのて》にのりかえ、さらに新宿でナントカ線にのりかえるまでの間、ぼくは迷子の恐怖《きょうふ》におびえながら、里伽子のあとを必死で追った。里伽子はぼくをまるで無視して、どんどん、慣れた足どりで移動していた。

（しらん町にくるときは、相棒を怒らせちゃいかんなァ）

とぼくはつくづく思ったものだ。

ナントカ線に乗ってからようやく、この先、のりかえはナシだなとホッとした。20分ほども電車に乗っていただろうか、里伽子がふいに立ちあがって、

「つぎで、降りるわよ」

とそっけなくいった。

そこは成城という町だった。北口に降りて駅舎を出てすぐのところに、いくつかの銀行があり、きれいな雑居ビルもあった。

東京といえば、ゴミゴミしている町だとアタマから思いこんでいたぼくは、すっかり感心した。すごく、いい街じゃないかと思った。あとで高知に帰って調べたら、高級住宅街だった。

四月の末で、よい天気だった。

高知より暑くなくて、気持ちのいい風も吹いていた。どこの家にも庭があり、その庭の花を眺めて歩くのは、いい気分だった。

「ほんとは、南口のほうが桜並木もあって、すごくいいのよ。こっちのほうは、成城の下町みたいなものよね」

それまでむっつりと黙りこんでいた里伽子が、ぼそぼそといった。父親に近づいているせいか、すこし機嫌《きげん》をなおしたようだった。

「へー、下町か」

いつのまにか、里伽子のボストンを持つハメになっていたぼくは、あやふやにいった。

里伽子のボストンは、ひどく重かった。たった二泊の予定で、なにを入れたら、こんなに重くなるんだと思うほどだった。

「パパの両親の家が、この街にあったの。昔は、ここいらも畑だったって。今じゃ、とても住めないような街なんだけど」

「ほー」

「そこに業者がマンション建てるっていうんで、土地と交換で、いちばんいい部屋をもらったの。億ションてやつよね」

「ふーん」

「4人家族でも広かったから、パパ、ひとりで淋《さび》しがってるんじゃないかな」

「じゃ、武藤がいったら、喜ぶだろうなあ。ははは」

ぼくはなるべく上品に、里伽子の喜びそうなことをいいながら、ふと、

(親父《おやじ》さん、ぼくのこと誤解しないかな)

きわめてまっとうな、常識的な疑問が頭をかすめた。

しかし、まあ、ここまできたら、どうしようもないな、ともかく里伽子を送りとどけて、親父さんにホテルを紹介してもらうことだと腹をくくっているうちに、ずっと一軒家ばかりだった家並みの奥のほうに、四階建てのマンションが現れた。

ともかく豪華《ごうか》なマンションだった。しぶい赤色のレンガタイルも洒落《しゃれ》ていて、それぞれの出窓にかかっているレースのカーテンは、ぜんぶ違っていた。

くしゃくしゃのドレープというのか、そういうのがたっぷりあるカーテンやら、喫茶店《きっさてん》で見たことのあるロールカーテンやら。

(おいおい、やっぱ、こういう生活してる連中もいるのか)

とびっくりしたが、里伽子がそのマンションめがけて入っていったときは、もっと驚いた。

自動ドアで中にはいったところで、里伽子は石壁にはめこんであるプッシュボタンみたいなのを押した。インタホンらしかった。ややあって、

「どなたですか？」

女の声が、インタホンから流れてきた。里伽子は、ん？　と眉をひそめた。

「あのう、イトウさんですか」

「そうですけど」

インタホンから流れる女の声は、澄んだ、いい声だった。父親の姓はイトウというらしかった。あとで伊東という字だと知った。里伽子はますます眉をひそめて、

「あのう、パパはいますか」

といった。パパという言い方に力がこもり、声がすこし強張《こわば》っていた。

インタホンの向こうからは、すぐには返事がなかった。やがて、

「里伽子か？」

ふいに男の声がして、里伽子の返事をまつよりも先に、

「降りてくから、ちょっとロビーで待ってなさい」

というなり、どこかでカシャという音がした。とたんに、目のまえにあった、もうひとつの自動ドアがスーッと開いた。

入ったところは、銀行みたいな広々したロビーだった。壁のあちこちに棚《たな》があって、壺《つぼ》や、きれいに活けた花が飾ってあった。

里伽子はロビーをあちこち歩きまわり、壺や花を、しげしげと見ていた。それは、苛立《いらだ》ちとか——不安をおさえるしぐさのようにも思えた。

やがて左後ろで、エレベーターの開く音がした。出てきたのは四十代半ばの、けっこうきりりとした男だった。

そのとき流行《はや》っていた柄《がら》つきのポロシャツに、白い綿パンをはいていた。

四十すぎのおっさんが、そういうファッショナブルなもんを着ているということに、ぼくは少し、びっくりした。

一瞬、頭をよぎったのはテレビ関係者か!?　という、いかにも田舎《いなか》の少年らしいワンパな考えだったが、あとで聞いたら、フツーのサラリーマンだということだった。

「よう、来たのか」

おっさんはそういって、里伽子のところまで来た。

里伽子はやっぱり、ぼくに顔を見せないように蟹《かに》の横歩きみたいなカッコで歩いていって、おっさんの前に立った。

だから、ぼくは里伽子がそのとき、どういう顔をしていたのかわからない。

けれど、怒っているにしろムキになってるにしろ、父親にとって、やっかいな顔をしていたのは確かだ。なぜなら、父親はひどく狼狽《ろうばい》した顔をしていたから。

「連絡もなしにくるから、びっくりしたよ。ひとりで来たのか？」

父親はいいわけするようにいい、里伽子はぼくのほうを顎《あご》でしゃくるようにして、

「高知のボーイフレンドよ。ゴールデンウィークだから、一緒に、東京に遊びにきたの」

といった。椅子《いす》にぼんやり座っていたぼくは、ぎょっとなって、あわてて立ちあがった。

ボーイフレンドなんていわれて、親父さんが怒りだしたら、どうするがな？

アセるぼくとは逆に、里伽子の父親はちっとも驚いたふうもなかった。それどころか、ひどく愛想のいい顔で、

「そうか。里伽子が世話になってるね。里伽子はわがままだから、たいへんだろう」

里伽子の肩ごしに、ぼくに笑いかけた。

世の中にはサバけた親がいるもんだ、さすが東京だなァと、ぼくはすっかり感心した。けれど感心する気持ちのウラで、この親父さんは弱みがあるんだろうなーと、なんとなく察してもいた。

高校生の分際で、ボーイフレンドといっしょに旅行する年ごろの娘を、正面きって叱れない理由があるんだ。それとも、叱るほどの興味もないんだろうか。

さっきインタホンから流れてきたのが女の声だったのを、ぼくはぼんやり思い返していた。

親父さんの弱みは、

「どこかで、お茶でも飲もうか」

といった口ぶりで、はっきりとわかった。それは、遠くからきた娘に、いうセリフじゃなかった。なにはともあれ、家に入れるのが普通というものだ。

里伽子は足をふんばるようにして立ち、

「家をみたいわ。あたしの部屋、どうなってるの？」

と、やっぱりぼくに背中を見せたままで、いった。

親父さんが困った顔をしたのは一瞬のことで、すぐに、

「じゃ、上がろうか」

といい、またも里伽子の肩ごしに、ぼくに笑ってみせた。

「きみ、悪いけど、ここで待っててくれないか。すまないね」

「はあ、いいえ……」

ふたりがエレベーターにのりこみ、ドアが閉まるのを見届けたとたん、ドッと疲れが出てきて、椅子に座りなおした。

いろんな想像がかけめぐったけれど、どれもこれも、テレビドラマみたいな設定しか思い浮かばなかった。

両親とも地方公務員で、のんきに暮らしてきたローカル少年には、〝親の離婚〟というだけでドラマみたいなもんだから、なにもかもボーッとするようなことばかりだった。

5分ほどして、エレベーターの音がしてドアがあいた。中から、三十そこその小柄《こがら》な女の人が出てきた。

彼女は、椅子に座っているぼくをちらりと見て、すぐにマンションを出ていった。手に、財布の入ったようなセカンドバッグを持っていたから、買物にいく、どっかの奥さんのようにも思えたし――

さっきのインタホンの声の主のようにも思えた。

里伽子の親父さんの部屋で、どういう父娘《おやこ》のやりとりがあるのか、想像するだけでどきどきしてくるので、想像しないようにしていた。明日はどうしようとか、ホテルはどうなるがやろうとか、平和的なことを考えようとしていた。

30分ほどたっただろうか、親父さんがエレベーターから出てきた。

「きみ、杜崎くんというんだってね。里伽子のわがままにつきあって、わざわざ来てくれて、悪かったね」

里伽子がぼくのことをどう思っていたにしろ、とりあえず、きちんとした、嘘《うそ》イツワリのない説明をしたのは確かだった。

親父さんはひどく、ぼくに気を遣《つか》ってくれたと思う。

「こっちの宿、決めてないんだってね。会社でよく使うホテルがあって、今、連絡とったよ。ゴールデンウィークだから、とりにくかったけど、なんとか、ひとつ取れた。あんまり、いい部屋じゃないかもしれないけど、今日と明日のぶん、取ってあるから」

彼はちぎったメモをくれた。ホテルまでの道順を、さらさらっとなぐり書きしてあった。

ぼくはしみじみと、親父さんに同情したし、感心もした。

ようするに、親父さんの家には女がいたのだ。インタホンの返事からして。

そこに娘が訪ねてきた。修羅場《しゅらば》みたいなもんだ。

なのに、ちゃんと娘から事情をきいて、ぼくのためにホテルの部屋を確保してくれた。

メモまで用意してくれた。たいしたことだと思った。

「それと、里伽子がお金借りてたそうだね。これ」

親父さんはポケットから、むきだしの金をとりだした。

ぼくはメモと金をうけとり、ぺこりと頭をさげて、いそいで自動ドアに突進した。早く、その場から離れてしまいたかった。

外は、来たときと同じように、よい天気だった。

けれど、来たときには思いもよらなかった、しょんぼりした気分で、ぼくはきれいな街並みをぬけて、迷子にならないよう気をつけながら、駅にむかった。

金は、ホテルについて数えたら、6万＋1万円あった。＋1万円は迷惑料《めいわくりょう》かもしれない。ぼくは大人ではないので、ありがたくもらうことにした。

ホテルの一階にあるアーケード街の紳士《しんし》ものの店で、それまで買ったこともないリチャードなんとかいうブランドもののブリーフとランニングを買い、やっぱり高級そうなブティックのワゴンセールでケンゾーのTシャツを買い（着替え用だ）、ホテルのなかで迷子にならないよう緊張して、部屋に戻った。

親父さんが部屋をとってくれた高層ホテルは、新宿にあって、あとで調べたら、やっぱり超一流ホテルだった。

人工大理石の洗面所といい、ピンクのぶあついベッドカバーといい、確かに超一流だったと思う。修学旅行でいったハワイの3人用の部屋よりもまだ広い部屋に、たったひとりでいる居心地の悪さをおぼえつつ、ぼくはベッドに寝ころがった。

里伽子のことは、考えまいとした。

あれは、里伽子の家のことなのだし、どっちみち、ぼくは関係していないのだ。

そう思うそばから、機内で里伽子がいっていたことを思いだしてしまうのだった。

「あたしね、パパに会ったら、東京に戻りたいっていうつもりなの」

そういったときの里伽子は、秘密をうちあけるような、めったに見せない子どもみたいな無防備な顔をしていた。かわいい顔だった。

(あいつ、かわいそうだな)

ぼくはほんとに、そう思った。

里伽子が高知に戻ったら、いろんなところに連れていってやろう。

高知にも、いいところはいっぱいある。カルストの岩がごろごろしている天狗《てんぐ》高原や、あそこにはめちゃんこうまいミルクやアイスクリームがあって、クラスの女子はぎゃあぎゃあいいゆうくらいいやし。

ぼくの部屋からみえる浦戸《うらど》湾や、そこをよこぎる色とりどりのヨットや、手結《てい》や——。

夏になれば、四万十《しまんと》川のキャンプ場に、仲のいいやつらと行くんだけど、里伽子も小浜祐実といっしょに、誘っちゃろう。

濃い緑色の川で泳ぐのは、すごくいい気分なんだ。そうして、川下りしているカヌーの連中に手をふったり、ままごとみたいなメシ炊《た》きをしたり……。

里伽子は都会《まち》の子だから、きっとおもしろいと思うだろう。

そうやって、ぼくらと楽しめばいいんだ。

楽しいことは、いっぱいある。

ぼくは里伽子が水着姿で、ハワイのときみたいに思いつめた顔をしてなくて、楽しそうに笑いながら、川にとびこむのを想像して、しんみりとなった。

きっと、そうしてやろう。

そうして、夏にはよさこい祭りがあることも、教えてやろう。

東京の連中はしらないだろうけど、あれはすごいんだ。美容室やラーメン屋や、市役所や、いろんなところから踊り子隊がくりだして、ディスコダンスみたいな踊りを踊りまくる。

暴走族連中も、あのときばかりはスターになるし、バンドやって学校から睨まれてる連中なんか、でかいツラでダンプに乗りこんで、プレイする……。

そんなふうに、いろんなことを考えながら、ぼくはどうやら寝込んでしまったようだった。

部屋の呼びだしホンみたいな音で、ふと目をさました。ベッドサイドテーブルのめざま

KATSUYA

し時計は、夕方の6時すぎ。部屋はうす暗かった。

あわてて部屋のライトをつけてから、ドアのほうにかけだして、ろくに確認もせずにドアをあけると――

そこには、里伽子が立っていた。

片手にボストンをさげた里伽子は、片手にハンカチをもち、まるで感動的なラブストーリーの映画を見たあとみたいに、しきりと目を拭《ぬぐ》っていた。

目は、真っ赤だった。

「どうした……」

「ここに泊まるわ。請求書はパパにいくんだから、あたしにも権利あるでしょ」

里伽子はしゃくりあげながらいい、あっけにとられているぼくを押しのけるようにして、部屋に入っていた。

入ってくるなり、ボストンをばさっと落として、両手で顔をおおった。

ワーワー声をあげて泣かないだけ、ありがたいと思うべきだったのだろうが、ぼくはむしろ、里伽子が声をおし殺して泣くのを見て、死にたくなるほど居心地がわるかった。

「武藤……」

ぼくはゆっくりとドアをしめて、里伽子の背をかるく押した。ともかく、ドアの入口ちかくで、声をおし殺して泣かれるのは、死にたくなるような事態だった。

背を押された里伽子は、二、三歩とんとんと前につんのめるようになり、ふいにふり返って、ぼくに抱きついてきた。そのまま、涙も鼻水もどっしゃりの顔をうずめて、泣き続けた。

ぼくは、とんでもない事態だ、これはドラマより、まだひどい……と思いながら、里伽子の肩にそろそろと手をおいた。

里伽子はそのまま、まるでダンボールにしがみつく捨てられた白い小猫《こねこ》みたいに、ぼくにしがみついて、泣き続けていた。


ぼくがようやく我にかえったのは、里伽子が泣きすぎて、ゴホゴホと咳《せ》きこんだからだった。

ぼくはおそるおそる里伽子をベッドに連れていって座らせて、冷蔵庫をあけた。中には缶《かん》ジュースや缶ビールがごっそり入っていた。

「おい、武藤。おまえ、ビール飲んだことあるか?」

ぼくはわざと明るくいった。

里伽子はハンカチを顔に押しあてながら、ぶんぶんと頭をふった。

「ぼくら、ガッコに内緒《ないしょ》で飲んだりするがぞ。祭りのあと、友達んちとか、打ち上げとかでさ。ビール飲んで、風呂はいって寝ろよ。カーッと寝れるから。ともかく、な？」

「……」

里伽子が鼻をグスグスさせながら、なにかいった。

なにをいったのか、よく聞こえなかったので、え？　と聞き返すと、

「コークハイ、つくって」

といっていた。

まあ、注文ができるようなら元気なもんだと、ぼくはおとなしくコーラと氷をとりだして、ミニバーのウィスキーのミニボトルをさがした。

不器用にコークハイをつくって渡すと、里伽子はグーッと一息で飲みほした。

（大丈夫《だいじょうぶ》かな……）

ふと不安になったけれど、泣き続けられるよりは、まだマシだと自分を納得させた。

里伽子は無言で、カラになったコップをつきだした。ぼくはおとなしく、またコークハイをつくった。ウィスキーは少なめにした。

「パパはね。この連休に、おトモダチと旅行にいく予定だったんだってさ」

里伽子は二杯目も、まるで水みたいにグーッと飲みほしてから、ハーッと息を吐いて、上機嫌《じょうきげん》でいった。上機嫌すぎる明るさだった。

（まずいんじゃないか？　これは。もう、ウィスキーが回ってるんじゃ……）

イヤな予感がしたけれど、それでもぼくは、へらへら笑いながら、

「あ、そうか。連休だもんなァ、ははは。連休は、旅行だよなあ」

と相槌《あいづち》を打った。

「そうよね、せっかくの連休だもんね」

「そうだよなあ」

「あたしの部屋もね。すっかり模様替えされてたの。壁紙まで違うの、はってるの。それが濃いグリーンなのよ。あたし、グリーンてだいきらいっ！」

「そ、そうだな、グリーンはよくないよ」

「カーテンも違ってるの。お鍋《なべ》なんか、ぜーんぶ色揃《いろぞろ》いのホーローなの。ばっかみたい。ホーローなんか、今どき、ハヤらないのよ」

「うん……」

鍋なんかにまでチェックをいれるか、ふつう。さすがに呆《あき》れたけれど、とりあえず頷いた。

きっと里伽子は家に入るなり、あらゆるチェックを入れたのだろう。部屋が模様替えされているとなると、あの親父さんはもう、別クチと一緒に暮らしてるのかもしれない。

（そうだよなあ。男のひとり暮らしなら、鍋なんか揃えんぞなぁ。外メシだもんな。ようするに、やっぱり別クチと暮らしてて、別クチの趣味《しゅみ》がホーローってわけかよ）

ぼくはなぜか、しんとした気持ちになってしまった。

里伽子はふいに立ちあがり、冷蔵庫のまえで立ちんぼしていたぼくを押しのけるようにして、自分で三杯目のコークハイをつくった。コーラを少しで、ミニボトルに残っていたウィスキーをぜんぶ、どぼどぼと入れた。

「ねえ、杜崎くん。あたしね」

里伽子は立ったままでコークハイを飲みながら、ふいに向きなおって、ぼくを真正面から見た。ぼくは背すじをのばした。こうなるともう、なるようになってくれ！　という心境だった。

「あたしね。ママたちがモメたとき、ママがバカだと思ってたの。見過ごしてればいいのに、わーわー騒ぐから、パパも意地になっちゃって、離婚なんてカッコ悪いことになっちゃってさ。あたしや貢《みつぐ》も、大好きなクラスメートと別れて、高知みたいなド田舎に転校しなきゃならなくなって、ひどいって」

「……うん」

ド田舎という言葉には、憎《にく》しみがこもっていた。里伽子はそのころ、ほんとにド田舎にいかなきゃならないめぐり合わせを憎んだのだろうと実感できる言い方だった。

「パパの味方のつもりだったの。でも、パパはあたしの味方じゃなかったのよ」

「味方って、おまえ……」

なにを、ガキの鬼ごっこみたいなこといってんだと思いはしたけれど、それをいってはマズいと、なけなしの勘《かん》がはたらいた。ぼくは黙ってうつむいた。

うつむいたのは、ぼくを見ている里伽子の目に、また、ジワジワと涙が浮かんできたからで、そういうものは見ないほうがいいのだ。

「あたし、かわいそうね」

里伽子はぽつりといって、ふらふらとベッドのほうに戻って、すとんと腰をおろした。

座ったまま、片手にコークハイ、片手にハンカチで、また泣きだした。

「おまえもかわいそうだけど。帰ったら、母親に優しくしちゃれよ」

ぼくはうつむいたまま、カラになってしまったウィスキーのミニボトルを手にとって、タメ息まじりにつぶやいた。

「おまえのことやき、母親に、はっきり不満だらけの顔しよったろう。わざわざ下宿までして」

「下宿したのは、ママの実家に、3人も居候《いそうろう》するのは悪いと思ったからよ。意地はってたわけじゃないわよ」

「なら、いいけど。ともかく今度は、母親に味方してやれよ。今なら、母親の気持ちもわかるろう」

「……杜崎くんに、関係ないでしょ」

そういう里伽子の声は、ひどく頼りなげだった。

ぼくはうつむいたまま、テレビのスイッチをつけて、ボリュームをぎりぎりまで絞《しぼ》った。

椅子に座って画面を見るふりをしながら、この先、どうしたもんかと現実的なことを考えることにした。

里伽子がこの部屋に泊まるなら、ぼくはどこに寝ればえいがな？

それに、情ないことに腹もへってきていた。

こういうときに、なんて不謹慎《ふきんしん》なんだと反省したが、しかし、腹がすいたと思いはじめると、もう空腹が我慢できないほどだった。

ふと、ベッドのほうをうかがうと、里伽子はぼんやりした目で、ベッドの頭のところの板に、よりかかっていた。眠たげな目だった。

「武藤、オレ、ちょっとメシくってくるけど。おまえ、どうする？」

「……うん？」

里伽子はまるでボーッとして、返事ともいえない返事をするだけだった。ぼくは諦《あきら》めてテレビを消して、キーをもって部屋をでた。

一階にティールームがあったのを思いだして、いってみた。入口に、メニューが出ていた。

ただのサンドイッチやカレーが１５００円とか２０００円とか、ただごとでない値段だったけれど、ホテルとはそういうもんだろうと腹をくくって、そこで食うことにした。

ピラフとスパゲティをゆっくりゆっくり食べて、１時間ほどして、部屋にもどった。ありがたいことに里伽子は、服を着たままベッドにもぐりこんで、グースカ寝ていた。

ぼくはタメ息をついて、洋服ダンスみたいなところの戸をあけた。そこに予備の毛布があったのを、ウロ覚えで覚えていたのだ。

毛布はちゃんと、棚にあった。

それを持って、しょんぼりとバスルームに入った。浴槽《よくそう》はかなりでかくて、長くて、外人用かと思えるほどで、体を縮めれば、眠れないこともなさそうだった。

浴槽の下に、バスタオル二枚をしいた。ぼくは毛布をかかえて浴槽にはいり、膝《ひざ》を縮めて、横になった。

（ひでえ連休だな、ちくしょー！　どうして、こんなことになったがな）

だれを恨んでいいのかわからないので、ぼくは自分を呪《のろ》いながら、むりやり目をつむった。

壁ごしに、隣の部屋のもの音がかなりクリアに聞こえた。水を出す音、水の流れる音が、電気を消した暗いバスルームに、さびしく響いた。

あたし、かわいそうね。

ぽつりといった里伽子のセリフが思いうかび、

（ぼくだって、そうとう、かわいそうやんか）

と思ったが……――たしかに、里伽子はかわいそうだった。里伽子はかわいそうだと、ぼくは心から思った。そして、そのまま眠ってしまった。

夜中に何度か目をさまし、目をさますたびに寝返りを打って、浴槽に頭や膝をぶつけては、痛さのあまり、

「いてぇ……！」

と叫んで、目がさめた。そしてまた、とろとろと眠る……といったことを、ぼくは繰り返した（ようだった）。ちゃんとした眠りについたのは、もう明け方近かった。当然のように、起きるのは遅かった。

本式に目がさめたのは、かすかに開いたバスルームのドアごしに、かなり大きなボリュームのテレビの音が聞こえたからだった。

浴槽から出て、壁の洗面台の鏡をふと覗《のぞ》いた。われながら、げっそりした顔をしていた。顔を洗って歯をみがき、アゴにもホテルのカミソリをあてて、するべきことをしてから、咳払《せきばら》いしてドアをあけた。

応接セットに、里伽子がすわっていた。白いテーブルクロスのかかったワゴンが、そばにあった。ルームサービスというやつだ。

ベーコンエッグやジュース、パンなんかの朝メシがふたり分、のっていた。里伽子はとっくに、喰ったようだった。

「ようやく起きたのね」

里伽子はふり返って、テレビのボリュームを小さくした。

「トイレも洗面台も使えなくて、困っちゃったわ。ハブラシとタオルもって、一階の一般《いっぱん》化粧室までいったのよ」

「……わりィ……」

なんで、ぼくが叱られなきゃならんのだ、こっちは浴槽で眠らなきゃならなかった被害者だぞと、さすがにムッとなったが、里伽子は平然としたものだった。

「ねえ、朝食食べたら、30分くらい、部屋を出てくれない？　あたし、シャワー使いたいの。ちょっと、人と会うから」

「へえ……」

ぼくはその場で、5、6回、屈伸運動をして、首をゴキゴキ回してから、椅子にすわり、ワゴンテーブルをひきよせた。ようやく、おちついてメシを喰えると思うと、嬉しかった。

「人と会うって、親父さんか？」

グレープフルーツジュースを一息に飲みながら、聞いてみた。

里伽子は首をすくめた。

「こっちの高校の友達なの。さっき電話したら、つかまったの。懐かしがって、すぐにホテルまで会いにきてくれるって」

「へえ、よかったやんか」

それは大変に、喜ばしいことだ、とぼくはしかつめらしく考えながら、冷めたトースト

を喰った。

クラスメートに連絡したのは、立ち直りが早いというより、気分をひきたてるためなんだろうけれど、それは正しいことだと思えた。

そうやって、懐かしい連中に会って、一日じゅう遊んで、忘れたらえい。楽しんだらえい。

ぼくはいそいでベーコンエッグなんかもかっこみ、部屋を出た。

ホテルのアーケード街は、まだ、ほとんどが閉まっていた。腕時計をみると、10時前だった。

ぼくはホテルを出て、ぶらぶらと舗道《ほどう》を歩いた。

目のまえに、お城みたいな新しい都庁がそびえていて、その向こうにも、高層ホテルが建っていた。向かいにも、すごい高層ビルがそびえていて、ぼくはそのビルのほうに、ゆっくりと歩いていった。

連休なのに人がたくさんいて、こっちにぶつかってきそうな勢いで歩いていた。車道には、車がひっきりなしに走っていた。

ぼくはふと、大学はやっぱり東京だなと思い、一年後には、この街にきているのだと想像して、なんとなく気持ちが高ぶったりした。

ゆっくりゆっくり舗道を歩き、適当なところで回れ右した。ぶらぶらとホテルに戻り、ホテルのアーケード街の本屋で、モーニングとヤングジャンプを買いこんだ。

部屋に戻り、呼鈴をならした。ややあって、里伽子がドアをあけた。

里伽子は黄色いワンピースに着替えていた。

明るい、鮮やかな色の服をきているせいか、里伽子は明るい顔にみえた。洗って、ドライヤーで乾かしたばかりの髪《かみ》をおだんごに結《ゆ》って、うすい茶色のリボンで結ぶ髪型も、にあっていた。ベッドでぐっすり寝たせいだろう、顔色もつやつやしていた。

ぼくらは、なんということもなく応接セットの椅子に座りあい、つけっぱなしのテレビ画面をぼんやり眺めた。気まずくもあり、なんとなく気分がふわふわするような、不思議なひとときだった。

しばらくして、ふいにけたたましいルームテレフォンが鳴った。里伽子がとびつくように受話器をとった。

「あ、そう。うん、うん。わかるわかる。すぐ行くわ」

里伽子は明るくいって、受話器を置いてから、ぼくに向きなおった。

「杜崎くん、このあとどうする？　このあと、あたしたち映画とか、いくかもしれないけど。外出するんなら、キー、フロントに預けといてくれる？」

「うん。けど、まあ、ちょっとひと眠りするわ。ちゃんとした寝床で横になりたいし」

ぼくは心から、優しい気持ちでそういった。

ともかく、昨夜みたいな不幸そうな里伽子を見るよりは、自分勝手でもなんでも、元気な里伽子を見るほうがいい。そのほうが、絶対にいい。

「ぼくはぼくで、勝手にやるから。武藤は気にせんと、楽しんでこいよ」

「……うん。悪いわね」

そのときの里伽子は心底、ぼくに感謝しているような笑顔をみせた。ポシェットをひっつかみ、ぴょんと跳《は》ねるようにドアのむこうに消えていく足どりも軽やかだった。

ぼくはなんとなく幸福な気分で、ヤングジャンプをパラパラとめくった。

その、薄いヤングジャンプの半分も読まないうちに、ルームテレフォンがけたたましく鳴った。

（なんだ、武藤か？）

忘れものだろうかと思いながら、ぼくは受話器をとりあげた。

「杜崎くん？　ねえ、悪いけど、一階のティールームにきてくれない？」

やっぱり里伽子で、けれど、思ってもみないことをいう。

「どうしたな。サイフ、忘れたがか？」

「ううん。そうじゃないの。ただ、友達に紹介しようと思って」

「え、いいよ、そんなの。紹介なんか、されたくねえよ」

「いいから、来て。すぐに来てよ」

里伽子はいいたいことだけいって、がちゃんと電話をきった。ぼくはすこし面喰《めんくら》いながら、それでも律儀に、部屋をでた。

そのころにはもう、里伽子にふり回されることに、すっかり慣れてしまっていた。反発を感じたり、イライラしたりする気力もなくなっていた。すべてがなんとなく、いかにも里伽子だという気がしていた。そう思うことは、そんなに悪い気はしなかった。

ぼくはキーをふり回しながら、一階におりていった。

昨夜、ピラフを喰ったティールームの入口ちかくで、ざっと室内を見まわしてみた。派手な観葉植物《グリーン》のむこうで、里伽子が首をのばすようにして、ぼくにむかって手を振っているのが見えた。

里伽子はこぼれるような、心から楽しげな笑顔を浮かべていた。ぼくもつられて手をふり返したものの――すぐに、手をおろした。

里伽子のまえには、ぼくと同じ年くらいの男がいたのだ。

白っぽいポロシャツにジーンズ姿の男は、おなじ男からみても、まったく、文句のつけようのないハンサム面《づら》だった。ジャニーズ事務所にスカウトされてもおかしくない、芸能人ガオをしていた。

(里伽子が連絡つけたってのは、男かよ……)

ただのクラスメートを呼ぶわけはないから、ヤツは里伽子が東京にいたころ、つきあっていたヤツじゃないか？　とさすがに閃《ひらめ》くものがあった。

「杜崎くん、こっち」

近くまでゆくと、里伽子は聞こえよがしにいって、となりの椅子を指さした。

ぼくはあやふやに笑って、ジャニーズ男にあやふやに頭をさげてから、椅子に座った。

「こっち、杜崎くんていうの」

里伽子はたのしそうに、ジャニーズ男に、ぼくを紹介した。

「パパに会いにくるっていうんで、遊びがてら、ついてきてくれたの」

「こんちわ。岡田っていいます。里伽子とは、二年のとき、クラスメートで」

将来、まちがいなくハゲそうな、フワッとセットした髪をゆらして、岡田は礼儀《れいぎ》ただしくいった。

いかにも育ちのよさそうな男だった。言葉づかいも、ぼくの耳には、イヤミなくらい標準語だった。まるで、テレビドラマに出てきそうなヤツだった。

ジャニーズ岡田は、かるく里伽子を睨むふりをして、

「里伽子はモテると思ったんだ。ちぇっ。もう、ボーイフレンドできたのかァ」

「やだな。ヒトのこと、いえるの？　あたしがいなくなって、すぐにリョーコとつきあうとは思わなかった。裏切られた気分よ、もう」

里伽子はいかにも楽しげに、わざとくさく、顔をしかめてみせた。その口ぶりからすると、〝リョーコ〟というコは、里伽子も知っている子のようだった。

「えー、でも里伽子のほうが美人だよ。リョーコもそういってる。里伽子のあとじゃ、かすんじゃうってさ」

「リョーコはね、自分がかわいいの気がついてないんだ。そこが、リョーコのいいところよね。まあ、リョーコなら許すわ」

そういう里伽子は、楽しそうだった。

ジャニーズ岡田も自然な感じで、あははと笑った。あんまり自然なんで、イヤミなほどだった。

ふたりの話から察するところ、里伽子が転校したあと、ジャニーズ岡田は里伽子も知っ

ているコと、つきあい始めたらしい。

いや、へたすると、里伽子とジャニーズ岡田とリョーコってコは、３人で、仲のいいグループだったのかもしれない。

それはまあ、いいにしても、驚くのはジャニーズ岡田の屈託《くったく》のなさだった。なにしろ、めっぽう明るいのだ。つきあっていたコが転校したとたん、そのコの友達のほうとデキて、しかも、前のカノジョと平然と会っている。いや、たいしたものだった。

「リョーコにも連絡つけようと思ったんだけど、お花の稽古《けいこ》でもう家を出たあとでさ。あいつ、習い事の時は携帯切ってるから」

「いいのよ。急に連絡したあたしが、悪かったんだから」

「で、この後どうする？　里伽子もカレ誘って、いっしょに映画いかないか？　リョーコも懐かしがるぞぉ」

「いきたいんだけど。お昼すぎに、パパが来てくれることになってるから」

「そっかァ。前もってわかってたら、ちゃんと計画たてたのにな。もったいないな、せっかく会えたのにさ。そうだ、ほら、二年のときの担任のさ、服部がさ。とうとう結婚したぜ」

「えー、ほんと？　服部センセ、恋人《こいびと》いるって話だったけど」

ふたりは、まえにつきあっていた者同士らしい、いかにも仲よさそうな態度で、情報交換をはじめた。

知らない名前がいくつか、とびかったけれど、ぼくはろくに聞いてなかった。ただ、笑みを絶やさずにいる里伽子の横顔を、ある感動をもって、ちらちら眺めていた。

30分ほどして、ジャニーズ岡田は腕時計をみた。里伽子がすばやく、いった。

「あ、時間じゃない？　遅れないようにしてよ。予定入ってたのに、わざわざ来てくれて、ほんと、感謝感謝」

「悪いなあ。今度くるとき、前もって知らせろよ。大学はどうせ、こっちなんだろ？」

「の、つもりだけど」

「ま、今年一年、おたがい頑張《がんば》ろうな。あ、杜崎くんもさ。おなじ受験だろ？　頑張ろうな。同じ大学であえたら、おもしろいよな」

ジャニーズ岡田は、どこまでも気のきいた、育ちの良さをぷんぷんさせて、ぼくに会釈をして、すばやく伝票をとった。じつに洗練された態度で、あった。

ぼくと里伽子は、ティールームのまえで、ジャニーズ岡田を見送った。里伽子がにこにこ笑っているので、ぼくもうすら笑いを浮かべていたと思う。

ジャニーズ岡田は、何度もふり返って、里伽子に手をふりながら、ロビーを横ぎっていった。〝リョーコ〟とかの待ち合わせ場所にいくにしても、最後まで里伽子にも愛想がよかった。

ジャニーズ岡田の姿が、回転ドアのむこうに消えるなり、里伽子はふり返りもせずに、すたすたとエレベーターのほうに歩いていった。ぼくはあわてて、後を追った。

ぼくはあとになってからも、ときどき、このときの恐ろしいシチュエイションをよく思いだしては、里伽子のために少しだけ同情した。

父親に会いにきてみれば、父親はとっくに離婚のもとのオンナと同棲《どうせい》していた。景気づけに昔のBFをよびだしてみたら、昔の仲間のひとりとデキていたのだ。救いがないというのは、ああいう状況をいうんだろう。

ぼくをよびだしてジャニーズ岡田に紹介したのが、最後の、せいいっぱいの見栄だったのだろうが、ヤツがいなくなってみれば、すべての事情を知っている男がいるのは、もっと我慢できなかったに違いない。

部屋にもどるなり、里伽子はベッドに腰かけて、ふうっと深呼吸した。そして、もしかしたらエレベーターに乗っているときに、すでにそう決めていたみたいに迷いのないきびきびした態度で、サイドテーブルの電話の受話器をとった。

やがて、すぐに繋《つな》がったらしく、

「あ、叔母《おば》さん？　あたし、里伽子です。ええ……うん、実は東京にきてるの。でも、パパのつごうが悪いみたいで。今夜、叔母さんとこ、泊めてくれないかなァ。明日、午後の飛行機の予約とってあるから、今夜一晩でいいんだけど。あ、ほんと？」

てきぱきとしゃべりだした。

相手は親戚の人のようだった。

東京か近県に、親戚がいるんなら、どうして昨夜《ゆうべ》、そっちに行かなかったんだと恨みたくなったが、父親のことがショックで、それどころではなかったんだろう。

すぐに話がまとまったようで、里伽子は受話器を置いた。

「今夜は、叔母さんとこに泊まるわ。よく考えたら、ふたりでひとつの部屋に泊まるのって、ヘンな感じだし。岡田くんも、びっくりしてた。きっと元クラスメートに、あっというまに広がっちゃうだろうな。武藤が、男といっしょに東京きて、ひとつ部屋に泊まってたとかって」

「そりゃ、まあ……」

ぼくはタメ息をついた。

自分から押しかけてきて、〝噂《うわさ》になる〟と心配するのもどうかと思うが、すかしたジャニーズ岡田と会ったりしているうちに、ようやく現実にめざめたのだろう。それはいいことには違いなかった。勝手ないいぐさだということを別にすれば。

里伽子は手ぎわよくボストンバッグを整理しはじめた。すぐに、親戚の家に行くつもりらしかった。

「明日、空港のカウンターで会おう。ひとりで、空港これるでしょ」

「と、思う」

「ここのホテル代の請求、パパんとこに行くから心配しなくていいわよ」

「いや、けど……」

「いいのよ。少しくらい、パパからふんだくってやっても。お金残ってるんなら、フランス料理でも食べなさいよ」

里伽子の口ぶりにはもう、父親のことでべそべそ泣いていた昨夜みたいな、脆《もろ》いところはなかった。そのかわり、なにか〝必死〟とか〝決死〟とかいう雰囲気《ふんいき》があった。

ボストンバッグをもって部屋を出ようとして、里伽子はふとドアのところでふり返って、泣き笑いの顔をぼくにむけた。

「ひどい東京旅行になっちゃったわね」

それはぼくにいっているというより、自分にいっているみたいだった。このときの彼女に、ぼくを思いやる余裕《よゆう》があったとは思えないから、ほんとうのところ、自分にいっていたのだろう。

里伽子が部屋を出ていってから、ぼくは急に気が抜けて、ソファに長いこと座りこんでいた。

確かに、里伽子にとっては、とんでもない小旅行だったのだ。

父親はもう女と暮らしてて、娘どころじゃなかったし、元カレは元友人とデキていた。高知で暮らしながら、ずっと東京に戻りたいと思い続けてきたのに、戻ってきても、もう里伽子の居場所はないのだ。それを、これでもか、これでもかと見せつけられたのだ。

なのに、昨夜のようにヒスりもせず泣きもせず、急激に理性をとりもどしたみたいにてきぱきと親戚に連絡をとったりするのは、とても痛々しい感じがした。痛々しいという言葉がぴったりだった。

里伽子はこのとき確実になにかに傷つき、その傷はだれにも、どうにもできないんだろうなという気がした。なんとなく。

翌日、まだ連休中の空港は、ごった返していた。

モノレールの時間の感覚がわからなくて、搭乗手続きギリギリの時間にカウンターにゆくと、里伽子はとうに来ていた。

「遅くきてくれて、助かったわ。今まで、叔母さんがいたの」

遅れて悪かったといおうとするのを遮《さえぎ》るように、里伽子がいった。

「ママから、叔母さんに連絡がいってたのよ。大阪のコンサートじゃなくて、東京にきてるの、もうバレてた。昨夜は叔母さんにさんざん叱られて、ママも電話でヒスッてたわ」

そういいながら、さほど困ってもいないようだった。ぼくからチケットを受けとって、手ばやく搭乗手続きをすませて、さっさとゲートのほうに歩いてゆく。

ぼくはあわてて後を追った。

「それにね。昨夜のママの電話じゃはっきりとはいわなかったけど、学校のほうにもバレてるみたい」

「学校にバレるって、なにが」

ぼくはぼんやりと聞き返し、ややあって、ハッと息をのんだ。まさに、息をのむという感じだった。

ずっと里伽子ペースできていて、すっかり忘れていたが、ようするに、ぼくらはふたり

きりで東京旅行にきたわけじゃないか。

里伽子には、父親に会いにきたという立派な——それが立派かどうかはわからないが、ともかく説得力ある理由があるにしても、ようするに高校生の男女ふたりがカップルで、泊まりがけの旅行にきたことに変わりはなかった。それは田舎の高校生にとっては、重大事件といってよいのだ。

ぼくは、成績のために素行を気にするタイプじゃないし、学校に睨まれるのもなんとも思ってない。

べつに反抗するとか、それほど根性があるタイプでもないけれど、内申書でいえば、中等生のときの修学旅行中止事件で、とっくに心証《しんしょう》を悪くしているはずだし。

しかし、女とふたりきりで泊まりがけの旅行をした——という華《はな》やかな事態を前にして、どう世間《せけん》(学校というのは、つまり世間だ)に対処したらいいのか。

それまで思ってもみなかった現実的なことが、どっと目の前に襲ってきて、ぼくはかなり動揺《どうよう》したが、動揺が動揺をよぶのか、ふいに、

(松野のこともある)

とんでもないことを思いだした。

ぼくと里伽子が泊まりがけの旅行をしたのが学校にバレたのも困りものだが、それが松

野の耳にはいったら、どうなるんだ。松野はへんな誤解をするヤツじゃないが、しかし……。

（ひどい旅行だったな、これは）

ぼくはこのとき、心からそう実感して、茫然《ぼうぜん》となった。

東京旅行が学校にバレたのは、ほんとにアホらしいきっかけだった。

ぼくらが肩を並べて東京ゆきの飛行機に乗ったのを、同じ便に乗っていた父兄が見ていて、学校に連絡をいれたのだ。

狭い街の、小さな空港だから、だれかに見られていたとしてもしょうがないとはいえ、笑えるくらい単純なものだ。ものごととはそうしたものだ。

学校から連絡をもらった里伽子の母親は、びっくり仰天して、小浜の家に電話をした。

その電話に出たのが小浜本人で、いろいろ問い詰められて、小浜がすべてをゲロしちゃった——そういうわけだ。

そういったことを、ぼくは昼すぎに家に帰ってから、母親にネチネチと説明された。とはいえ母親は思ったほど、というより全然怒っていなかった。

「あんたって、ほんと、ときどき、わけのわからないことする子やねぇ。武藤さんて子に同情して、ついてったの？」

「……うん」

としかいいようがないので、ぼくは洗濯機《せんたくき》に旅行中の洗濯ものを放りこみながら、いった。

「武藤さんのお母さんも、お気の毒よねえ」

母親は、ぼく用に、遅い昼メシの焼きそばをつくって、テーブルに置いた。

「元ダンナさん、もう再婚寸前で、相手の女の人と同居しちゅうがやってね。奥さんたら、わたしはもう気持ちの整理がついてるんですけど、娘は父親びいきだから、知ったらショックだろうと思って黙ってたんです、なんて昨夜の電話で、いってらしたけど」

「へえ」

「それじゃ、お父さんと会わせたくないわよねえ。親の心、子知らずっていうけど、里伽子って娘さん、お母さんのこと恨んじょったらしいわねぇ」

ぼくは焼きそばを喰いながら、母親の話を黙ってきいていた。

今回のことで、母親ふたりは電話で連絡をとりあい、いろんな話をしてるうちに意気投合したらしいのだった。いや、母親族というのはすごいもんだ。

「まあ、おまえがついてって、よかったわよ。ひとりじゃ、里伽子さんも辛かったろうしね。あたし、先生にそういったのよ。拓もちょっと考えなしだったけど、武藤さんに同情したんだろうし、今回はまあ、しょうがないんじゃないかって」

驚いたことに、うちの母親の反応はそういうものだった。母親の連帯感というのも、バカにはできないと、この時ばかりは感心させられた。

ぼくの思わぬスキャンダルに怒ったのは、意外にも、弟の敦、ただひとりだった。

「おい、にいちゃん。おまえのせいで、明日から行くはずだった道後温泉、パーになったがやきな」

二階から降りてきた敦は、ぼくが焼きそばを喰ってるのを見るなり、そういった。わが家では、GW《ゴールデンウィーク》の後半に、道後温泉に家族旅行にいく予定だったのだ。

「こんなときにノンビリ温泉いってたら、学校の印象が悪うなるって、母さんがひとり決めしてよ。父さんはいいよな、温泉より釣《つ》りに行きたがってたからよ。けど、おれはどうすんだよ。責任とれよ」

「……小遣い8000円、やるよ」

「そんなら、許しちゃお」

わが家の騒動は、それくらいのものだった。

それでも連休最後の日、ぼくは母親と一緒に、学校に呼ばれた。

校長室には、里伽子と里伽子の母親が、すでに来ていた。里伽子の母親がすぐに立ちあがって、

「奥さん、今度のことでは、ほんとうにご迷惑かけて、ほんとうに」

といい、うちの母親は母親で、

「いいえ。うちのこそ、お調子者だから、きっとお嬢さんに同情して、ひとりで跳ねあがった真似《まね》したんですよ。この子、悪い子じゃないんですけど、先っぱしりっていうのか、ときどき、ひとり合点《がてん》して、わけのわからないことするんですよ」

救いもなにもないような、いわれようだった。

母親同士がそういう挨拶《あいさつ》をはじめると、校長や教師といえど、口出しできない。校長の横に立ったままのクラス担任のカワムラも、苦々しげに黙っていた。

そんな騒ぎを、ソファに座っている里伽子は平然として眺めていた。皮肉な表情でもなく、反抗的な態度でもなかった。この東京旅行でおこったすべてのことを自分ひとりの胸に収めておこうと決意しているように、里伽子はしずかに沈黙していた。

そのあと、ぼくらは、どちらかといえば丁寧《ていねい》にお説教された。きっと、ふたりの母親が同席していたからだろう。

「お父さんに会いたかった気持ちはわかるが、お母さんに嘘をついたのはいけない」

というようなことを里伽子はいわれ、ぼくは、

「クラスメートのために、なにかしてあげるのはいいが、常識の範囲内でないといけない」

と、里伽子のお説教よりは、よほどもって回った婉曲《えんきょく》ないわれ方だった。ぼくは素直に聞いていた。なんといっても、男女ふたりの泊まりがけの旅行はまずい。

最後に、校長センセは、

「今回のことは私の判断で、職員会議にかけません。家庭の事情などもおありで、理解できる範囲内のことですから」

というようなことをいった。どうでもいいことだけれど、ウチの校長センセの口癖《くちぐせ》が、〝範囲内〟というのであることを、六年ちかい学校生活ではじめて気がついた。

学校を出たあと、母親同士は、どこかでちょっとお茶でも……といいだした。よくあることだ。里伽子はうわの空の感じで、

「あたし、先に帰ってる」

といって、さっさと帰っていった。

ぼくも帰りたかったのに、里伽子のおばさんに強引に引きとめられ、母さんにも引きと

められて、しぶしぶ付いていった。

　喫茶店に入ってから、里伽子のおばさんは、しきりと東京でのことを聞きたがった。とりわけ父親と会ったときのことを。

「いや、ぼくはマンションのとこで別れて、そのあとホテルに行ったから、なにもしらんがです」

　わざとコーラをずるずる音をたてて飲みながら、ぼくはあやふやにいった。

　おばさんはしきりとタメ息をついたあと、ぼくの母親とぺちゃくちゃ話しはじめた。

　ふたりの話で、帰ってきた里伽子はすべてに沈黙を押しとおして、母娘喧嘩《おやこげんか》もしなかったのを知った。それが、ますます里伽子の母親には不安なようだった。

「あの子、ほんとに父親びいきやったから。ショックだったのはわかるがですけどねえ……」

「そういうものよ、奥さん。こういうとき、娘だと、扱いがむつかしいものよね。そのてん、息子なんかだと、すんなり……」

「ええ、弟のほうはね。もともと喘息《ぜんそく》ぎみだったのが、こっちにきて治っちゃったでしょ。気候がよかったのね。友達もすぐにできて……」

　なんとも平和なおしゃべりが続いた。

喘息が治ったから息子がラクで、娘は扱いづらいというのも、ずいぶん勝手な論理だなーという気はしたけれど、黙っていた。

里伽子のおばさんは、もともと高知出身だから、母さんとしゃべるときはときおり地元言葉が入り、いかにも地元の人という感じがして、いきいきしていた。

それが、どんなときでもきびきびした標準語を話す里伽子とは、別種の人という印象だった。

「でも、あの子も父親に会って、すっきりしたと思うわ。気持ちの整理もついたがやね。父親のことはひとこともいわないけど、これからどんどん勉強して、こっちの大学入るって、昨夜はそういう話になって。あの子、これまでは大学は東京にいくと決めてたらしいのよ。でも、東京の大学なんて、学費や生活費のこと考えるとね。父親の援助もアテにならないし」

そのあとに続くおばさんの話では、あの父親も特別、金持ちというわけではないらしかった。

たまたま親ゆずりの土地があって、そこにマンションが建ったので、等価交換で何億もするような部屋をもらえただけで、もとは普通のサラリーマンだという。といっても財閥《ざいばつ》系《けい》の商社の名前が二、三回でたから、そういう会社に勤めているようだった。

ぼくはカラになったコップをゆらしながら、ぼんやりと母親ふたりのおしゃべりを聞いていた。

(里伽子は、こっちの大学にいくのか。ふうん)

それがひっかかったのは、たぶん、ぼくがすっかり東京進学を決めていたからだろう。それに里伽子が地元の大学に入るというのは、ちょっと意外だった。

けど、東京にいったところで、昔の友達には別クチができてるし、父親は再婚するらしい。里伽子の居場所はないわけだ。

かといって、こっちに里伽子の居場所はあるんだろうか。

きっすいの土佐女という感じのおばさんのおしゃべりを聞きながら、ぼくはふと、どこにも居場所のない里伽子の淋しさなんかを想像した。むごいなァ、と思った。

里伽子はほんとうに、小浜みたいな地元にべったり根をはやした子ともっと仲よくなって、うまくやったほうがいい。そのほうが、えい。

連休が終わり、学校が始まってからも、里伽子は小浜祐実と仲がよかった。

小浜以外の女子とは、あいかわらず付き合いもないようだったけれど、ともかく小浜とだけは仲がよかった。

今になって、小浜が里伽子に利用されてたような気がする——といいだしたのは、よくわかる。

里伽子は小浜と仲よくやることで、母親をうまく騙《だま》して、高知になじんだふりをしていた。そのウラで、着々と東京の大学を受験する準備をすすめていたのだ。

里伽子はもともと高知の街に、愛着なんかなかった。だとしたら、小浜以外の子と仲よくなる必要もないわけだ。

だから、松野にもあんな態度をとれたんだろう。

松野がふいに遊びにきたのは、一学期の期末が終わった日だった。

ひどく暑い日で、ぼくは部屋でランニング姿で、扇風機《せんぷうき》に当たりながらジャンプを読んでいた。チャイムが鳴ったので降りてゆくと、松野だった。松野は学校帰りだった。

「おまえ、試験どうだった？」

部屋で缶コーラを飲みながら、ぼくはいった。連休あとの実力テストでも中間テストでも、松野はあまりいいランキングじゃなかったのだ。

「どうもダメだ。夏休み、二週間くらい大阪いってくる」

松野はさすがにマイッたというように笑いながら、大阪の、大手の予備校の名をいった。

その予備校は、夏休み中、寮《りょう》で合宿しながら集中講義をしていて、けっこう成果があるので、ウチの六年生の、特に国立ねらいの男連中は、毎年、何人も参加していた。

「ふーん、松野が合宿か。そんなに悪かったがか」

「ここんとこ、ちょっと下がりぎみやき、気分変えたほうがいいしさ」

松野はあやふやに笑って、ふいに真面目な顔つきになった。

「へんなこと聞くけど、怒らんでくれや。おまえ、連休のとき、武藤と旅行にいっただろ」

「ああ、いった」

ぼくはぎょっとしたものの、素直に頷《うなず》いた。ぎょっとしたのは、不意をつかれたからだった。

「どうして知ってんだ？」

「どうしてって、けっこう噂《うわさ》になっちょったがぞ。おまえ、気がつかんかったのか？」

「……気がつかんかった」

松野はおまえらしいなーと笑いながら、噂になっていたが、おまえがあんまりボーッとした態度なのと、里伽子もすっかり無視をきめこんでいるので、いつのまにか立ち消えになったのだと説明してくれた。

「泊まりがけの旅行ってんで、面と向かって、ひやかすにはヤバイやんか。きわどい話だ

し。だから、ウラでヒソヒソやってたんだな」

「へー……」

ぼくは噂になっていたことよりも、噂になってたことを松野から聞かされたことで、けっこうキツいものを感じて、もじもじしていた。

松野が里伽子を好きなのは知っているんだし、ここはなにか、ちゃんとした説明をすべきじゃないのかと思えば思うほど、すんなり出てこない感じだった。

「あのな、どういう噂になってたか知らんけど、武藤はさ、父親に会いにいっただけなかぞ」

「それは聞いた」

「聞いたって、だれに。小浜にか」

「小浜？　なんで小浜ながな。武藤本人だよ」

びっくりしているぼくに、松野はちょっと恥ずかしそうに顔をしかめてみせた。

「たまたま図書室で会って、帰りが一緒だったから聞いたがよ。武藤のやつ、また、その話なの、とか、えらく怒りだしてよ。たしかに杜崎くんと東京にいって、同じホテルに一泊したわよとか、いってた」

「——それ、いつだよ」

「連休のあと、五月の半ばころかな」

松野はあっさりとしたものだった。

ぼくは飲んでいた缶コーラを机において、ベッドに腰かけていた松野を見返した。

「おまえ、成績コケたの、それが原因かよ」

「いや、コケたとしたら、その後がまずかったがやね。武藤、そんな噂で、けっこうヒスッてたんだな。ホテルで一緒に泊まったけど、それがあなたにどういう関係があるのよ、とかツッコんできたさ。ああいうツッコミって、すごいよなー」

「——うむ」

「おれって、慣れてないからなー」

松野はしみじみとした口ぶりだった。

慣れてない松野は、情勢を見極めもせずに、好きだと告白したというのだった。ぼくは絶望的な気持ちになった。

「武藤、なんてゆうた？」

「高知は嫌《きら》いだし、土佐弁しゃべる男も嫌いやと。ぜんぜん恋愛《れんあい》対象にならん、そんなこといわれたら、ゾッとするっていわれてしもた」

「ゾッとするのか……」

「らしいぞ。けっこう、キツいものがあるぞにゃあ。ま、夏休み中に、気分変えるわ」

そのあと、2組の田中が、それまで付きあっていた四年生のコに、受験勉強に時間とられて会えないのがイヤだからとフラれたとか、5組の糸井がおなじ大学の同じ学部志望なので、一緒に合宿にいくつもりだとか、あたりさわりのない話をした。

松野が帰ってから、ぼくはベッドに寝そべって、長いこと、いろんなことを考えた。

そうか、噂になっていたのか。ぼくはぜんぜん知らなくて、里伽子のほうでは、噂に敏感になっていてヒステリックになっていたのか、とか、そんなことを。

東京でひどい目にあってきて、帰ってきて、ろくでもない噂をされてるとなれば、ヒスるのも当然だ、しょうがない――と思ってみても、それでも里伽子の、松野に対する態度はひどすぎる気がした。

五月の半ばにあったことを、七月になって聞かされたこともコタえていた。

その間、松野はずっと、ぼくと里伽子が同じホテルに泊まっていたと知りながら、黙っていたわけか。

(同じホテルに一泊ったって、あいつが押しかけてきたんじゃないか)

考えれば考えるだけ、気持ちがおさまらなかった。

次の日の朝、小浜といっしょに笑いながら教室に入ってきた里伽子を見るなり、前の日

KATSUYA

の怒りが甦《よみがえ》ってきて、ぼくは立ちあがって、里伽子のまえに立った。

「ちょっと、話があるんだ。こいよ」

「なによ」

里伽子はびっくりしたように目をみひらいて、それでも付いてきた。

教室には半分くらいクラスメートがきていて、ぼくらが教室を出ていくのを、おもしろそうに見ていた。とくに女子がすごくて、肘《ひじ》でつつきあっているのが、よくわかった。そのときになって、ようやく、

(なるほど、噂になってたわけだ)

と実感できた。そのときのぼくの態度――里伽子を強気でよびだすとか、そういったこと――は、それまでのクラスメートの疑惑《ぎわく》と期待に、充分にこたえるものらしかった。

「どうかしたの?」

廊下の窓ぎわの壁によりかかって、里伽子は迷惑そうに顔をしかめた。

「あんまり、学校や教室で話しかけないほうがいいわよ。めだつから」

「おまえ、松野に、東京でおなじホテルに一泊したとか、いうたがやってな」

「――いったわよ」

「押しかけてきたのは、おまえだろ。へんなこといわれて、迷惑してるのはこっちぞ」

「なによ……」

里伽子はひるんだように、上目遣《うわめづか》いにぼくを見た。それまで、里伽子はぼくのことを使い勝手のいい、便利な、気のいい男だとしか思っていなかったはずだった。パシリのような男と思っていたヤツが、ふいに強気に出てきたので、心底、びっくりしているようだった。

「おまえのおかげで、ひでえ迷惑したよ。最低だよ、おまえは」

いい終わるのと同時に、里伽子がぴしゃりとぼくの頰《ほお》を打った。

たぶん、あのジャニーズ岡田なんかに、面とむかって、〝おまえは最低だ〟といわれたことはなかったのだろう。むしろ、大事に大事に、ご機嫌をとられていたに違いない。里伽子は、そういうタイプだから。

なのに、きっぱり最低だといわれたショックのあまり、つい手が出たという感じで、どちらかというと弟をぶつような、そんなに力のない平手打ちだった。

ぼくはすぐさま、ほとんど反射的に、里伽子の頰を打ち返した。

自慢じゃないが、ぼくはそれまで、相手が弟であれ平手打ちをしたことがなかったので、力かげんがわからなくて、すごい音がした。里伽子はよろめいた。そのよろめき方で、自分の平手打ちの威力《いりょく》をしり、すこし青ざめた。

「話ってこれだったの。もう、いいでしょ」

里伽子は顔をまっ赤にして、頬を押さえもせずに、さっさと教室に入っていった。そういうときでも、憎まれ口がでてくるのが、彼女のすごいところかもしれなかった。

ぼくは里伽子に遅れて、教室に入った。教室にいた連中のほとんどが、あっけにとられたような顔で、ぼくを迎えた。里伽子を殴《なぐ》ったのを、見ていたのだ。

ぼくは息をはずませながら（興奮していたのだ）、席についた。

それ以後、ぼくと里伽子はほとんど口をきかない仲になり、それでますます、クラスの連中は、ぼくと里伽子の仲を、

（なにか、ある）

と確信したようだった。アサシオ山尾なんかも、そのクチだ。しかし、なにもなかった。それだけは確かだ。

ぼくと里伽子の間には、なにもなかった。残念なくらい、なにも。

なにもなかったということを、里伽子がだれにも内緒で東京の大学を受験していたとか、もう東京に来ているとかいうニュースを聞かされたあと、ぼくははっきりと思いしらされた。そしてそれは、やっぱり淋しいことだった。ぼくは里伽子が好きだった。

第五章

やさしい夜

四月になり、大学が始まった。

ぼくは石神井《しゃくじい》から駅ふたつ離れた、教養校舎に通うようになった。学内には一年と二年ばかりで、雰囲気《ふんいき》はそう悪くなかった。

そこそこのランクのマンモス私大だから、いろんな学生がいた。髪《かみ》を赤く染めている男もおるし、女の子のほうもフーゾクから足を洗って、第二の人生を歩むつもりなのかな、彼女……と思うほどケバい、とても十代には見えないコもいた。でも、もちろん、どちらも少数派だった。

そうかと思うと、たまたま席がとなりあったヤツが、授業も聞かずに本を読んでいて、ひょいと見ると、ペンギンブックス（つまり原書）の小説だったりした。それはけっこう迫力があった。たぶん帰国子女なんだろう。帰国子女というのは、現実にいるんだ。すごいもんだ、とぼくはすっかり感心した。

ゴールデンウィークが終わってすぐ、学生会館の一階の売店でノートを買っていると、近くの廊下の隅っこで携帯にしがみついて、

「え、代役まわってきたって？　ほんと？　いく。すぐ行く。ううん、振り、もう入ってるから大丈夫《だいじょうぶ》だっていって！」

と叫んでいるスッピンの、ちょっと見にはぜんぜん美人じゃない、けれどスタイルは抜

群にいいコを見かけた。

あとで聞いたら、小学生のころからダンスや芝居《しばい》を習っているミュージカルタレント志望だという。高校生のときからオーディション巡りをしているセミプロ級で、劇団にも所属している、いわゆる芸能関係だということだった。

ぼくはわけもわからないまま、

（さすがに東京だなー）

となんとなく感心してしまった。演劇学科があるから、そういう学生もいるのだ。

ほかにも、噂《うわさ》だけでまだ実物は見てないけれど、オリンピック級のスキー選手もスポーツ特待生で入ってきているという。

ようするにハデもいればジミもいて、金持ちもいればフツーもいた。どちらかといえば、小金持ちの子女が多いようだった。

校舎の向かいにある学生用パーキングには、たしかに外車もあったし、国産車にしても、ウチの父親の年収と同じくらいの高級車がバンバン並んでいたけれど、蹴《け》とばせばひっくり返るような軽もちゃんとあって、ぼくを安心させた。

学生はほとんど、ありふれたカジュアルなカッコをしていた。

イタカジもどきのジャケット姿で授業をうける男なんかいなかったし、高そうなブラン

ド服を着てくる女の子は、ごく僅《わず》かだった。(おるには、おった)

ようするに、雑誌やテレビなんかで話題の、金にあかせて遊んでいる大学生はそんなに多数派ではないらしいと、四月が終わるころには、ぼくなりに結論していた。それで安心して、せっせと授業にでた。

卒業に必要な単位数を、必修とのからみで計算してゆくと、一年生で取らなければならない授業はかなり多かった。

ぼくは日曜日に引っ越し会社のバイトをして、月曜から土曜まで学校にいって、夕方からコンサートや神宮球場にでかけたりした。

池山や石井がでてくると、それだけで興奮《こうふん》して、東京にきたカイがあったなあとしみじみ感激して、カサを握りしめたりした。

サークルは、教室でよく顔をあわせて気があったスガノに誘われて、映画鑑賞《かんしょう》サークル〈ルックルック〉というのに入ったけれど、実写を撮るわけではなく、かといって映画評論をするようなマニアな集団でもなかった。

ただロードショー公開の新作映画を中心に、会員どうしで見にいって感想をいいあう——というミもフタもないものだった。

ウリはただひとつ、どういうツテがあるのか、身内の(つまり自分とこの大学の)女の子と、よその女子大（しかも、けっこう名門）の女の子を含《ふく》めると、名簿上《めいぼじょう》の女会員《オンナ》は21人もいるということだけだった。一年生が13人も入っていた。

まともに集まってくるのは10人前後で、その女の子たちと集団デートするというのが、あからさまな目的だった。

ぼくは数回の会合で、すっかり興味を失ってしまった。

出席率のいい女の子は、ちゃんと目的がはっきりしていて、値踏みするような目でこっちを見るし、そうなると、

「(こんな男で）すいません。勘弁《かんべん》してください」

といって頭をさげるしかない感じだった。

だいたい大学が始まって一ヵ月もたたないゴールデンウィークに、映画鑑賞のサークルが、なんの目的で、熱海温泉に合宿にいかなけりゃならないのだ。

二泊三日の旅行だけで6万円も飛んでいったし、そのあと自由参加で京都旅行がセットされているサークル合宿というのは、もしかしたら、今の大学サークル業界では当然のことなのかもしれないけれど、どう考えてもわけがわからなかった。どういう意味があるんだろう。

とどめは熱海の旅館で宴会をしている最中に、

「夏はやっぱり湘南《しょうなん》かな。だけど、汚いからなあ。思いきって沖縄《おきなわ》にするか」

とリーダーの三年生がいいだして、二年生のタナダというやつが、

「おれの地元、広島なんだけど。去年、いいリゾートホテルができたんだよ。料理はまずいけど部屋がいいんだ。プールも上出来だし」

といい、みんなで夏合宿にいくリゾート先を相談しはじめたことだった。

（こんなサークルにつきあってたら、金がいくらあっても足りんぞ）

とぼくは恐怖《きょうふ》をおぼえて、東京に戻ってきた日に、スガノに退会を申しでた。金の切れめが縁の切れめというやつだ。

スガノが、名簿に名前だけは残しておいてくれというので、それで手を打った。

そんなふうにして、ありふれた大学生活はいつのまにか、慌《あわ》ただしく始まっていた。


津村知沙《つむらちさ》がぼくに話しかけてきたのは、月曜日の一講目、自然科学の階段教室でだった。

六月の最初の月曜日で、初夏というのにふさわしいいい天気だった。

前日のバイトでちょっと疲れていたので、片肘《かたひじ》をついて、うつむきがちに睡眠《すいみん》を補給していたら、ふいに肘でつつかれて目が醒《さ》めた。

見ると、となりの女の子が親指をつきだして、サインをよこした。

一瞬、教授がぼくを指名したのかと、高校時代の悪夢が甦《よみがえ》ってぎょっとなり、黒板のほうを見た。教授はノートをめくりながら、眠たげに講義していた。

そういえば、この教授は学生を指名するような進め方はしなかったっけと思いなおして、隣の彼女にあやふやに笑いかけた。

彼女は白いシャツブラウスを肘までまくり、ぴっちりしたジーンズをはいていた。すんなりした長い脚をもてあましぎみに机の下で交叉《こうさ》させ、どこか眠そうだった。長いストレートヘアはきれいだったけれど、毎日、怨念《おんねん》をこめて手入れしているというより、たまたま髪質にめぐまれているといった感じだった。

顔はぜんぜん化粧《けしょう》っけなしで、ただ真っ赤な口紅をつけていた。ようするに、遠目からでは目立たないが、近くでみるとすごい整った顔だちをしているナチュラル派の代表みたいな美人だった。

「あの、なんですか」

ぼくはていねいに、小声でささやいた。

「あんまり、気持ちよさそうに眠ってるから、憎《にく》らしいじゃない。それで邪魔《じゃま》してやったの」

と彼女はいって、あくびをした。ぼくはぽかんとした。

自然科学は一年二年の合同講義で、出席さえすれば、年に一度のレポートで必ず単位をもらえる授業だった。そのせいか、一年でごっそりと単位を落とした二年生が、しぶしぶ出席するパターンが多いという。

そのほか、いざ卒業の学年になって、単位不足に気がついた四年生も、最後の駆け込み寺とばかりに受講するらしい。つまり、一年から四年まで揃《そろ》っている珍《めずら》しい講義なのだ。

彼女は、物腰や顔つきや態度からみて、たぶん三年か四年あたりだった。まちがっても一年生ではなかった。

ぼくには、年上の美人にちょっかいを出される覚えがぜんぜんないので、もしかしたら、彼女はふつか酔いで、ぼくを知り合いのだれかと勘違《かんちが》いしてるのかもしれないと好意的に解釈して、あやふやに笑っておいた。

講義が終わり、ルーズリーフを閉じていると、

「杜崎くん、あなたさァ、今日の夕方、あいてる？」

と彼女がぐいと体を寄せてきて、人なつこく話しかけてきた。ぼくは二重に、びっくりした。

彼女がそんなふうに、平気で体を寄せてくるのにも驚いたし、名前を知っているのにも

驚いた。

「どうして、名前知ってんですか」

「出席票に名前かいてるの、前に見たことあるんだ。何度か声かけようと思ったのに、ぜんぜん気がつかないいんだもん」

と彼女は非難がましくいって、自己紹介《じこしょうかい》をはじめた。

名前は津村知沙で、三年生で、すでに単位をぼろぼろ落としているので、今のうちから安全パイの講義を押さえているのだという。

名前をきき、学年をきいても、それでも彼女には覚えがなかった。

ありふれたセリフだけれど、

(こんな人なら、会っていて覚えてないはずないのにな)

と思うと、われながら不思議だった。

「あのう、どこかで会ってますか」

「会ってるわよ、もちろん。石神井のホームで。あたしの友達、あそこに多いの。あたしもずっと住んでたし。今は、品川のほうに引っ越したけど」

「はあ……」

石神井のホームで会ってるといわれても、こっちとしては答えようがなかった。どうやったら、ホームにいるたくさんの通勤通学客の中から、ぼくを見つけられるんだろう。でも、彼女にとっては、それで充分な説明になってるようだった。

「で、今日の夕方、あいてる？」

と彼女は重ねて、聞いてきた。

「あいてるもなにも、5時半までびっしりですよ、授業ばっかで」

「ああ、その後でいいのよ。会は6時からだから。ちょっと手伝ってくれないかな」

「なにをですか」

「うん。美大の友達が、小さいけど賞とったのよ。パーティーやるんだけど、人手がなくて。ビストロ借りきってるから、メシはあるけど、人手がないの。お皿やグラス出したり、引っこめたりすればいいんだけど。お金でないけど、タダで食べられるわよ」

「タダですか。それはいいけど……」

タダ飯はありがたいし、美大の友人が賞をとったというのも興味があったし、パーティーというのもおもしろそうだった。

わからないのは、どうして、ぼくに声をかけるのかということだけだった。

でも、それを聞くより先に、津村知沙はショルダーバッグから、料理屋の名刺を出した。裏に地図がかいてあるやつだった。それによると、パーティーをするのは四谷のほうにあるフランスの田舎《いなか》料理屋のようだった。フランスの田舎料理というのがどういうものかは、ぜんぜんわからんかったけど。

「授業おわったらアパートに帰らないで、すぐ来れば間にあうわよ。盛りあげるために、関係ないのまで呼んでるから、たぶん50人前後、くると思うんだ。じゃね。女の子もたくさん来るはずだから、いいのいたら、紹介してあげる」

彼女は楽しそうにいって、ぼくの肩をぽんぽんと叩《たた》いて立ちあがった。

ぼくは思わず、背をのけぞらせた。半分は演技だったけれど、半分は反射的だった。

立ちあがった彼女は、さすがに170センチはないかもしれないが、それでも167〜8センチはありそうで、いまどき、そんなのは珍しくないといっても、やっぱり、なかなかの迫力だった。美人で長身というのは、すごい迫力があるもんだ。

大柄《おおがら》な印象はなかったけれど、細身のせいか長身がひどく目立った。

「なによ。文句ある?」

と彼女はわざとらしく睨《にら》んだ。そういった反応には、小学生のころから慣れてるわよといわんばかりだった。

「なんというか、あと10センチあったら一流モデルですね」

ひっこみがつかないのでそういった。彼女はふんと肩をすくめた。

「少しはマシなフォローじゃない。許してあげるわよ」

そういって、さっさと教室を出ていった。悪い印象はまるでなかった。ひたすらカッコよかった。

ただ、どうしてもわからないのは、どうしてぼくに声をかけたかということだった。ナンパじゃないのは確かだった。そういう気配はまるでなかった。

（つまり、手伝いを頼みやすいタイプだってことか、ぼくは）

そうとでも思わなければ、理解できない事態だ。それで、ぼくはそう思うことにして、午後の授業の四講目はきちんとサボり、アパートに帰って着替えることにした。

その日は膝《ひざ》の抜けたジーンズにTシャツで、フランス料理屋と名のつく店に入れるカッコじゃなかったのだ。

石神井駅でおりて、本屋の前を通りかかり、店頭にでている平積台の週刊誌を三冊とって、レジに持っていった。

「あれ、今日、休講か？」

すっかり顔見知りになっているレジのバイトの田坂さんが、珍しそうにいった。アパートに入居してすぐ、都内の地図を買いにきたら、ぴあマップを薦《すす》めてくれた人だ。

月・土だけレジにいて、それがどうしてか、ぼくが本や雑誌を買うリズムと合っていて、一週間に一度は顔を合わせているうちに、ちょっとした挨拶《あいさつ》をかわすようになっていた。

「デートだから、サボってきたんですよ」

ぼくは真面目《まじめ》な顔をつくっていった。田坂さんはすっかり信じたようだった。

ぼくはいい気分でアパートに帰り、すぐにシャワーを浴びた。気がつくと口笛《くちぶえ》をふいていたりして、自分でも上機嫌《じょうきげん》なのがわかって照れ臭かった。

津村知沙のわけのわからないお誘いは、なんとなく始まり、なんとなく続いているありふれた大学生活の中で、ちょっとした変化だったし、それが素直に楽しかったのだ。


四谷のビストロに着いたのは、5時半前だった。

地図のとおりのところにあり、靖国通《やすくにどお》りをちょっと小道に入った坂上に、こぢんまりした洋風住宅ふうの建物があった。小さな『田舎風ふらんす料理』と看板がなければ、一般住宅だと思ってしまいそうな建物だ。

ドアをあけると、中はけっこう広かった。

いつもはテーブルセッティングしているのだろうけれど、今回はテーブルを中央に並べかえて、ビュッフェ形式の準備ができていた。

店の奥にある観葉植物《グリーン》の横で、津村知沙と、おだんごを頭のてっぺんにゆった、すごくユニークな髪型《かみがた》の太めの女の子と、その女の子の肩に手をかけている神経質そうな男と、3人がいるだけだった。

「あれ、杜崎くん。もう来たの？　いやに早いじゃない」

おだんご女の子と話していた津村知沙がふり返り、ぼくを見て、ちょっと驚いたように笑った。

授業をサボッたのだと正直にいうと、

「感心感心」

と芝居気たっぷりにぼくの頭を撫《な》でてから、ふたりに紹介してくれた。

おだんご頭の子が、賞をもらったという美大の油絵科の三年生だった。高校時代の親友だとかで、津村知沙は〃マミちゃん〃と呼んでいた。マミちゃんの肩を抱いている男は恋人《こいびと》で、医者の卵だということだった。

下から、しゃくりあげるようにものを見る、目つきの悪い男だった。

おだんご頭のマミちゃんは、ちょっと太めとはいえ、丸顔のかわいらしい子だったから、

(よく、こんな目つきの悪いやつを好きになったもんやな。やっぱり、芸術やってるヒトの感覚って、どこかヘンだ。それとも医者のタマゴってとこがポイントか)

などといろいろ考えさせられた。

津村知沙にすすめられてワインを一杯のんでいると、女の子がひとり、ふたりと店に入ってきた。入ってくるなり、意味不明の言葉を口走りながら、マミちゃんに抱きついて、きゃあきゃあと叫びあった。美大の仲間らしい。

そういう挨拶の仕方というのも、さすがにゲイジュツやっているヒトたちだ、としかいえなかった。

そのうちに、どやどやと男の集団が入ってきた。そのあたりから、雰囲気が一変してきた。マミちゃんの恋人＝医者の卵の、友人たちのようだった。

恋人のパーティーに、10人以上のダチを動員したのかと、ぼくはちょっと感動しかけたけれど、男のひとりが、有名なお嬢《じょう》さん大学の名をあげて、

「ほんとに、あそこの女の子たち、くるんだろうな、おい」

と目つきの悪い男にいい、男がやっぱり、しゃくるような目つきで、

「まかせとけ。マミの高校んときの友達が、あの大学にたくさん行ってるんだ」

と厳《おごそ》かにうけあっているのを聞いて、すべて理解した。

パーティーとは名ばかりで、コンパをやるつもりらしい。

いやなものに関わっちゃったなあと壁ぎわに寄せられた椅子《いす》のひとつに座っていると、

津村知沙が近よってきて、ささやいた。

「枯れ木も山のにぎわいってヤツよ。そんな、イヤな顔しないでよ」

「まあ、テキは医学部ですからね。ぼくはヒガんでるんだと思いますよ」

「なにいってるの。男は顔よ。医学部なんて、ふつうは売り手市場じゃない？　そこで売れ残ってる連中なんて、カスばっかりよ。でも、まあ、なんといっても枯れ木も――」

とまた繰り返しそうになったので、ぼくは吹きだした。

津村知沙は確かに、おもしろい人だった。

そのころからオードブルをのせた大皿が、どんどん運ばれてきた。20人ほどの客はすぐに料理に突進してきて、なんだか、なしくずし的にパーティーが始まってしまった。

6時をすぎたころには、1分おきにドアがあいて客がやってきた。

そのうち、女の子の集団がぞろぞろと、やっぱり10人くらい入ってきた。みんな、いい服をきて、きれいに化粧していた。顔の見分けはつかないけれど、みんな美人に見えた。

おめあての連中がきたせいか、男グループがいっきに盛りあがり、人の声や皿がぶつかる音で、店内は騒然となってきた。中央のテーブルや、壁ぎわの円卓《えんたく》には、食べかけの皿や汚れたグラスが、みるみる放置された。

ぼくは人の隙間をかいくぐり、片っぱしから、皿やグラスを回収してまわった。高校時代、郷土料理屋でバイトした経験は、むだになってなかったわけだ。人生とは、そうしたものだ。

もくもくと皿やグラスを回収して、新しい皿を補充していると、津村知沙が通りすがりに背中をぽんぽんと叩き、

「杜崎くん、そんなに労働しなくてもいいわよ。あなたも食べなさいよ」

といった。それから、ふいに、ぼくの耳元に口を近づけてきて、

「すぐになくなっちゃうわよ。みんな、ブタみたいに喰うんだから」

辛辣《しんらつ》な口ぶりで囁《ささや》いて、おだんご頭の、画家の卵のほうに歩いていった。

津村知沙のアドバイスにしたがって、ぼくは取り皿に残りもののハムやらチーズやら、ローストビーフやらをのせて、壁ぎわの椅子にすわろうと回れ右をした。そこに、見おぼえのある女の子が座っていた。

目の前の椅子に座っているのは、パーマをかけて、髪がゆるやかにウェーブしているけれど、きれいに化粧しているせいでみまちがえそうだったけれど、まちがいなく、武藤里伽子だった。

里伽子はワイングラスを持ったまま、ぼくを見つめていた。ぼくと里伽子の間にさざめいていた連中が、まるでモーゼの海みたいにサーッと割れたような気がした。ぼくはゆっ

くりと里伽子のところに歩いていった。まるでそれが当然のことみたいに。

「こんなところで会うなんて、ウソみたいね」

と里伽子が座ったままでいった。ほんとにその通りなので、ぼくは、ほんとに……とかなんとか口ごもった。

「今のひと、ともだち？」

今のひとというのは、津村知沙のことのようだった。

「いや、ともだちというほどでもないよ」

「ふうん。座る？　さっきから、すごく働いてるじゃない。感心しちゃった」

といって、里伽子は椅子をひとつずらした。

里伽子はかなり前から、ぼくに気づいていたようだった。声をかければいいのに、ぼくが気がつくまで黙って観察していたらしいのが、いかにも里伽子だった。

「ねえ、どうして杜崎くんがここに来てるのよ」

隣の椅子に座るなり、里伽子がいった。不機嫌そうだった。

「うん……」

といいながら、ぼくは目で津村知沙を捜《さが》してみた。彼女は店内の奥のほうで、綺麗《きれい》な女の子たちと肩をぶつけながら、しゃべっていた。

「大学の先輩が、パーティーに手伝いに来いっていうからさ。ほら、賞とった美大のマミちゃんとかいう人。その人の高校んときの親友だってさ」

「賞とった美大生って……。なに、それ」

里伽子は正真正銘、ぽかんとした。ぼくも同じように、びっくりした。

「なにって、このパーティー、マミちゃんて人のパーティーだろ。油絵だかなんだかで、賞とったって」

「へー、そういうパーティーだったの、これって」

里伽子はふいに、くすくす笑いだした。

「どうりで、ワケわかんない人が多いと思った。あたしは、ただ大学のサークルの先輩に、動員かけられたから来たの。医大生が集まるコンパで、会費タダだから来てって」

「ふうん」

ぼくもあやふやに笑った。

たぶん、津村知沙やマミちゃんの高校んときのクラスメートが、里伽子の女子大にいっているのだろう。そのエンで、パーティーを華《はな》やかにするために、里伽子たちが動員されたのだ。まるでコンパニオンみたいな扱いだが、東京の大学生活なんていうのはそうしたものなのだろう。

里伽子も同じことを思ったのか、ますます笑った。

「うちの大学、いろんなルートで動員かかっちゃうからな。とりあえずお嬢さん大学だから、たくさんお座敷《ざしき》がかかるのよ」

「売れっこってわけか。いいことだ」

ぼくの言い方はもしかしたら、すこし皮肉っぽくて嫌味《いやみ》だったかもしれない。

里伽子はかっきりと見開いた目で、ぼくに向きなおった。

「文句ありそうね、なによ?」

「べつに文句なんかないさ。楽しそうでよかったよ。今、どうやって暮らしてんだ。オヤジさんと一緒《いっしょ》か」

「生活費もらってるけど、ひとり暮らしよ」

「高知の母親とは、少しは連絡とってんのか。なんか母親だまして、こっちに来たって話だけど」

「よく知ってるわね、やっぱり」

里伽子は皮肉たっぷりに呟《つぶや》いて、ワイングラスに残っていた赤ワインをぐっと一息にのんだ。

「杜崎くんには、あそこは育った街だものね。いろんなネットワークがあって、すぐに伝わっちゃうのよね。でもあたしはあの街、大嫌《だいきら》いだった」

「え？」

「もう思いだしたくないわ。イヤなことばっかりだったもの。こっちに戻れて、ホッとしてる」

「じゃあ、楽しいんだ」

里伽子は首をすくめて、すっと立ちあがった。

なにか料理でも取りにいくのかと思っていたら、そのまま、センターテーブルの近くにいた綺麗な女に声をかけた。その女の横には、三人ほどの医大生がかたまっていた。里伽子は当然のように、そいつらに声をかけられ、笑顔で向きなおって話しはじめた。

そのうち、テーブルの向こうの男女混合グループのほうから、

「リカちゃん、こっち」

と声がかかった。里伽子は泳ぐような足どりで、さっさとそっちのほうにゆき、自然な調子でグループにまざった。

里伽子をよんだのはサークルの先輩のようで、彼女は美人の先輩たちに可愛がられてい

る、かわいい後輩のお嬢さんといった感じだった。実際、お嬢さんなのだろう。

里伽子は楽しそうというほどでもなかったけれど、かといって、つまらないのを我慢しているふうでもなかった。こういった会合にいかにも慣れていて、自分が疲れない態度とか、つき合い方をすっかり身につけているといった感じだった。

変わったなとは思わなかった。変わったといえるほど、里伽子のことを知っていたわけでもなかった。むしろ目の前の、この里伽子が、ほんとうの里伽子なのかもしれない。洗練されていて、男とのつきあい方もうまくて、パーティー会場がよく似合っていて。

そうか、とぼくは思った。里伽子は、ぼくらが過ごした高知での一年間を、ないものにしたいのか。忘れたがっているのか。それなら、それでいいんだ……。

ぼくはちょっとビールでも飲みたい気がして、立ちあがった。

センターテーブルに突進して、目の前にあった瓶《びん》ビールの残りを、ごぼごぼコップにそそいで、一息で飲んだ。

ビールは生ぬるくて、ひどく不味《まず》かった。思わず、

（まぜー……）

と顔をしかめたとき、気配を感じて、ふと顔をあげた。

人の肩と肩のむこうに、ワイングラスをもった津村知沙が立っていて、じっとぼくのほ

うを見ていた。

津村知沙の目は、あからさまに楽しげで、面白そうにくりくりしていた。正直な人だ。里伽子としゃべっていたこと、里伽子がぼくを空気みたいに置きざりにしたこと、ぼくと里伽子のあやふやな仲まで、すっかり彼女に見透かされたような気がした。

8時でおひらきになったパーティーの間中、里伽子は二度と近づいてこなかった。二次会に流れるために、どやどやとビストロを出てゆくなかに、里伽子も入っていた。

それを目のはしで捕らえながら、ぼくは居残って、コップや汚れた皿を厨房《ちゅうぼう》のほうに運んだ。いつのまにか津村知沙も二次会に流れていて、残っていたのはぼくひとりだった。

帰るとき、店の人が意外そうに、

「あれ、あんた、うちで雇《やと》ったバイトくんじゃないよな」

といった。ぼくは違いますと答えて、ひとり、しょんぼりと店を出た。

津村知沙と会えるのは、月曜の一講目の自然科学のときだけだと思っていたのに、その週の土曜日の午後、意外なところで会った。

よく行く駅前の本屋に入り、レジの横を通りすぎて、ふと足をとめた。顔見知りのレジの田坂さんとボソボソしゃべっている美人の客がいて、それが津村知沙だったのだ。

「あれ……」

とぼくがいうのと、津村知沙が、あ、とふり返るのが同時だった。

そんなぼくらを見て、田坂さんはびっくりしたようだった。

「へえ、なんだ、知沙のいってた年下の子って、拓か」

「ふたり、知り合いだったんですか」

ぼくもびっくりして、ふたりを見比べた。

「うん、まあな。おい知沙。ちょうどいいから、拓につきあってもらえよ」

「もう……！」

津村知沙は、ぼくを相手にしているのとは全然ちがうワガママな――つまり甘えた態度で、ぶーっと顔をしかめた。

「いいわよ、もう。杜崎くん、おいでよ」

まるで飼《か》い犬を呼びつけるようなもんじゃないかと思いながら、ぼくはおとなしく野球雑誌を買うのを諦《あきら》めて、津村知沙にしたがった。

店をでるとき、田坂さんが片手で拝むまねをした。わがまま姫《ひめ》だけど、相手してやってくれ――というような意味らしい。

津村知沙がさっさと歩きだすので、ぼくはおずおずとついてゆき、途中から彼女の横にならんで歩いた。

彼女はどんどん駅のほうに歩いてゆきながら、いった。

「こんなに早く、浩《こう》ちゃんとの仲がバレるとは思わなかったな。もう少し黙ってて、杜崎くんをひっぱり回そうと思ってたのに」

「はあ……」

ぼくはあやふやに唸《うな》った。

石神井のホームでぼくを見かけたことがあるとかいっていたが、津村知沙が田坂さんと友達なら、話は簡単だ。ホームにいるぼくを田坂さんが見かけて、

（あいつ、よくウチの本屋にくる後輩だぜ）

ぐらいのことを連れの津村知沙にいっていたのかもしれない。わかってみると、たあいない縁だ。しかし世間は狭い。

津村知沙は駅でさっさと切符を買った。改札を通って、池袋のほうに出るのかと思ったら、逆方向のホームにゆく。

なにがなんだかわからなかったが、ぼくはおとなしく、ついていった。

「ねえ、あのパーティーでしゃべってた娘《こ》、どういう娘なの？」

思ったとおりというべきか、津村知沙はさっそくいった。ぼくはしどろもどろ、いった。つまり彼女は高二の秋に東京から転校してきて、三年のとき同じクラスだったことを。

「それだけじゃないでしょ。ずいぶん、しんみり話してたじゃない」

「いろいろ、あるんですよ」

「なによ、いろいろって。いいなさい。聞きたい」

津村知沙が強引にいっているところに、電車が入ってきた。救われた気持ちで乗りこんだのもむなしく、知沙は吊《つ》り革につかまったまま、もう一度、くり返した。

「いいなさいって。聞かせてよ」

それで、ぼくはしぶしぶ話した。

里伽子の親が離婚したこと、里伽子が父親に会いにくるときに、どういうわけか付き添《そ》ってきたこと。それが学校にバレて、里伽子はますます孤立するし、ぼくとも険悪になり、ろくに口もきかない仲だったことなんかを。

「なにしろツッパッてたからな、彼女。よくズル休みしたし、学園祭もぜんぶフケてたし。それで、ますます浮いてた子なんですよ」

「そのたびに、杜崎くんはやきもきしてたわけね。好きだから」

「いや……」

といいかけたものの、ぼくは口をつぐんだ。

ここは高知じゃないし、このさき、里伽子に会うこともないだろう。しかも、ここには松野豊もいない。そういった、いろんなことが、ぼくを素直にした。

「そうかもしれない。めいっぱい、やきもきしてたかなァ」

いったとたん、ほろりとしてきた。

そう、ぼくはずっと里伽子を遠くにみながら、やきもきしていたし、気になっていたのだ。けれど、松野のことがあった。

松野は里伽子が好きで告白したあげくに手ひどく断られて、そのダメージのせいで、一時はかなり成績がダウンした。そういったことは、あの頃《ころ》のぼくには重要なことだったのだ。里伽子が好きだ、という感情よりは。

「親友がね。彼女を好きだったんですよ。たぶん、やつもうすうす気がついてたんだろうな。ぼくが里伽子を好きなの。そのことで、話したことなかったけど」

「へえ、そう。あたしなら、相手が親友だろうがなんだろうが、関係ないけどな」

「それは今なら、そういえますけど。ぼくはなんてのか……、親友のこともあったし、ちゃんとした理由がないと里伽子に近づけなかったな」

「ちゃんとした理由って？」

「つまり、あんまり生意気な態度にカーッとなって、怒りあまって説教するとか……。説教したら、殴《なぐ》られたけど」

津村知沙はぷぷっと吹きだした。

「いかにも、ピュアな高校生の恋愛《れんあい》ね。でも、今は高校生じゃないし。よかったじゃない、再会できて」

という津村知沙の発想が、あんまり単純なので、ぼくは笑いだした。

「そういうわけにもいかないですよ。彼女は高知のことは忘れたいそうだから」

「へーえ。そう。なんとなく、その気持ち、わかるけど」

津村知沙がひどく優しげな口ぶりでいい、それきり黙った。

電車が停まり、津村知沙はさっさと降りた。石神井からみっつめの住宅街だった。

津村知沙はさっさと改札口を出て、すいすいと歩いてゆく。慣れた足どりだった。

いい天気で、あたりには新築の洋風の家が並び、小さな庭がある家もあって、こんな家でも何千万もするんだろうなあと思うと、ヘンな感じだった。

車庫がないせいか、路上駐車している車もあって、それがけっこういい車だったりした。

「あのう、ところで、ぼくらは、どこに行くんですか。映画とかじゃないんですか」

「ほんとは、そのつもりだったけど。杜崎くんがいるんなら、違うことしようと思って。

浩ちゃんにいっちゃだめよ」

津村知沙はすいすい歩きながら、ふたたび里伽子を話題にした。

「あたし、そのリカちゃんの気持ち、わかるな」

「どんな気持ちなんですか」

とぼくがいったとき、津村知沙はくるりとふり返って立ちどまり、新築まもないような三階建てのコーポの外壁によりかかった。

よりかかったまま、首をかしげて、ぼくをじろじろ眺《なが》めながらいった。

「お父さんの浮気で家庭崩壊《ほうかい》しちゃってさ。やっぱり、いろいろ辛《つら》かったのよ、きっと。なのに、気持ちの整理もつかないまんま、さっさと田舎に連れていかれて。母親は、自分が育った街だから、気楽だろうけど。リカちゃんは淋《さび》しかったんでしょ、きっと」

「淋しいって感じはなかったけど。ツッパッてて」

「淋しいから、淋しい顔してるとも限らないわよ。杜崎くん、彼女が好きなら、今からでも遅くないから攻めたら？　その親友も、こっち来てるの？」

「いや、京都のほう……」

「じゃ、親友もそっちで恋人つくるわよ。で、杜崎くんはリカちゃんとめでたし、めでたしってわけ」

彼女がそういうと、ものごとがあんまり単純に見えて、ぼくは笑った。

里伽子みたいに、ツッパッてるのかなんなのか知らないが、ともかく物事を面倒にさせてしまう子に比べて、津村知沙の単純さはなんだか楽しかった。

「あのう、このアパート、津村さんのですか?」

それはそうと、いつまで、こんなところで立ち話をしてるんだと気になって、おずおずといってみた。津村知沙はちょっと眉《まゆ》をひそめた。

「違うわよ。あたしは品川のほうに引っ越したの。そっちに……」

といって、津村知沙は漠然《ばくぜん》とコーポの向かいの家を、顎《あご》で軽くしゃくるようにした。カーポートがないほど、狭い土地に建っている小さい白い家があり、家のまえには濃紺のパジェロが路上駐車してあった。津村知沙はいった。

「前の恋人が住んでるのよ。ちょっと、家の様子みたくなって来ちゃった。さあ、もう行こうか」

「え、あの……」

津村知沙はさっさと元きた道を歩きだした。

ぼくはあわてて後を追いながら、ふと、彼女が顎でしゃくった家をふり返った。前の恋人というと、田坂さんの前の恋人だろうか。なんなんだ、いったい。

津村知沙はすいすいと軽やかに歩いていった。ぼくはなんとなく隣を歩くのが気がひけて、わざと後ろを歩いた。

駅前で、ぼくらはありふれた喫茶店《きっさてん》に入った。となりのベーカリーから、いい匂《にお》いが漂ってきた。

昼メシがまだなのに気がついて、ぼくはタラコスパの大盛りを頼んだ。運ばれてきたヤツを、はぐはぐ食べていると津村知沙が感心したように笑った。

「男の子って、こういうときでも大食らいで食べるから、気分いいわね」

「こういうときって、どういうときですか」

津村知沙の言い方がいやにしみじみしているので、なんだかぼくもしみじみした。

「リカちゃんが高知を忘れたいのは、あたしの引っ越しとおなじよ、たぶん」

突然、津村知沙がにやにや笑いながら、タバコに火をつけていった。しかし、話があっちこっち変わる人なのだった。

「あのう、引っ越しつうと……」

「あたしね、二年のとき、サークルのOBのサラリーマンとつきあってたのよ。まあ、彼は結婚してたわけだけど。今の家は、その新婚さんの家ね」

ぼくは目をぱちくりさせた。津村知沙は煙をふかく吸い込まず、すぐに吐《は》きだす人のようで、ふうっと口先で煙を吐いた。

「彼、新婚二年目で、それで浮気するってどういうのか、よくわかんないけど。奥さんが妊娠《にんしん》してたわけでもないのよ。ようするに女好きだったのね」

いっきに、ぼくには理解できない領域の話になってきて、さすがに、かっこんでいたタラコスパの味がわからなくなってきた。奥さんが妊娠すると、男はふつう浮気するのか。なるほど。

そういう週刊誌ネタを読んだことはあるような気がするけれど、しかし、あんまりナマな話すぎて首すじが熱くなってきた。

「でも、ほら、こっちは若いし、生活も背負ってないし、気軽な感じだった。今でもだけど。あたし、いまだに悪いことしたとか、そういうリアリティないの。杜崎くん、ある?」

「いや……」

ぼくは口ごもった。津村知沙は少しだけ、目を細めた。

「なのに、別れてからのほうが、どんどんリアルになってきちゃって、ちょっと辛い。辛いから、相談相手になってくれる浩ちゃんによりかかってるの。でも、そのうち辛くなくなったら、一番先に避《さ》けるのは浩ちゃんなのよ、それは今からわかってるんだな」

「……」

「恋人とつきあってたとき、石神井にアパート借りてたの。彼が家に帰るまえに、途中下車すればいいから、おたがいに便利じゃない？　奥さんが絶対に降りない駅だし。で、彼と別れてすぐにやったのが、引っ越しよ。引っ越すと、とりあえず、彼と一緒に歩いた石神井の商店街とか、レコード屋とか、見なくてすむし。そうやって今、リハビリしてるのよ。浩ちゃんともつきあって」

「でも、そのわりによく、石神井に出没《しゅつぼつ》するみたいですね」

とぼくはかすれ声でいった。いやはや、ともかくついていけない話だ。

「そうね。浩ちゃんの部屋に泊まるでしょ？　で朝、ホームにゆくでしょ。そこで、出勤途中の彼とスレ違ったら、おもしろいなと思ったりするのよ」

「……今でも、好きなんですか、そのひと」

「ばかね。好きとか、そういうんじゃないのよ。ただ、ちょっと辛いのよ。で、ときどき、こうやってプリミティブな年下の子なんかコマして、気晴らししちゃうんだな」

「ぼくは、コマされてるんですか」

「さあ、わかんないけど……」

津村知沙はあっさりと肩をすくめて、バッグからメモを取り出した。

「これ、今日、つきあってくれたお礼。リカちゃんの住所と電話番号よ。二次会で、元クラスメートせっついて聞き出したの。もっと、もったいつけてから、あげようと思ったんだけど。今、あげるわ」

そういって、透明なマニキュアをした指にはさんだメモを、テーブルの上においた。

そのあと、ぼくらは無言のまま食べたり飲んだりしたけれど、味はもうまったく、わからなかった。帰りの電車でも、ぼくらは無言だった。石神井公園で、津村知沙はぼくの背中を押して、ぼくだけホームに出した。

「今日のこと、浩ちゃんに内緒《ないしょ》よ。そのうち、杜崎くんのアパートに遊びにいこうかな」

電車のドアがすぐに閉まり、やがて動きだした。

ドアの近くにいた津村知沙の顔が、すこし泣きそうな顔をしているように見えたのも一瞬で、電車はすぐに走り去った。

ぼくはポケットにつっこんだメモを指先で何度も確かめながら、アパートに戻った。本屋にいる田坂さんと顔を合わせたら気まずいなと、どぎまぎしながら。

津村知沙はまだ、ちょっと辛いといった。それは嘘《うそ》ではないような気がした。彼女は手《て》負《お》いの熊みたいに——といったところで、ぼくは本物の手負いの熊なんか知らないけれど、ともかく傷が疼《うず》くので、じっとしていられずに動きまわっている感じだった。

田舎出の、ボーッとしたぼくは逃げ足がトロくて、その熊にぶつかってしまったのかな。

津村知沙の透明なマニキュアのきれいな爪《つめ》や、長い髪や、こだわりのないしゃべり方や――そういったものが目の奥や耳にやきついて、ぼくはその夜はじめて、あのパーティーの夜からずっと考え続けていた里伽子のことを忘れて、眠った。


あとになって考えると、里伽子のアパートを訪ねる気になったのは、津村知沙の恋愛話を聞いたせいのような気がする。

唐突《とうとつ》に、わけのわからない話をされてびっくりしたけれど、シリアスな話には違いなかった。

奇妙な発想だけれど、津村知沙のせっぱつまったような恋愛の話をきいたあとでは、ぼくが里伽子にずっと感じている気持ちなんか、確かに子どもじみて思えたし、そのぶんだけ気楽なもんじゃないか――という気がしたのだ。われながら、いい気なものだ。

六月中の日曜はぜんぶバイトが入っていて、そうこうするうちに七月に入った。

ようやくバイトがひとくぎりついた日曜日、午前中はアパートの掃除《そうじ》をして、午後からでかけた。池袋まで出て新宿までゆき、そこで小田急線にのり換えた。

電車にのってる間に、これは里伽子の親父《おやじ》さんが住んでいる成城の沿線じゃないかと気がついた。

父親に会いにくる里伽子につきそって、同じ電車に乗ったのは一年以上も前だった。

豪徳寺《ごうとくじ》でおりて、駅の南側の住宅街のほうを歩きながら、家に張りつけてある住所札みたいなのを探しているうちに、できて二、三年目といった感じの、小綺麗なアパートがあった。

マンションではなかったけれど、出窓もついた、いいアパートだった。

表札をようく確かめてから呼鈴を押した。かなりしばらくたってから、ガチャガチャとドアチェーンをはずす音がした。やがてドアが細めにあいて、

「もう、気にしないでっていったのに――」

ひどく不機嫌な声でいいながら、里伽子が俯《うつむ》きがちに顔をだした。そのまま、ふと顔をあげてぼくを見て、目をみひらいた。ぼくもすぐには、声が出なかった。

里伽子はパジャマの上から、ガウンのようなものを引っかけていたのだ。目は腫《は》れぼったくて、髪は逆毛をたてたみたいに――つまり、寝起きのバクハツ頭だった。

里伽子はあわててドアをぎりぎりまで閉めてから、

「なぁに、杜崎くんなの。なにしにきたのよ」

ドアのすきまごしに、うなった。すさまじい不機嫌なダミ声だった。

「なにしにって、遊びに……」

「遊びィ？　なにバカいってんのよ」

さらに不機嫌な声でいったとたん、咳《せ》きこんだ。重い咳で、いっぱつで風邪《かぜ》をひいているのがわかる咳だった。

ガウン姿で現れたのは、今まで寝坊していたのではなくて風邪で寝ていたからだとすぐにわかった。

「なんか、まずいときに来たみたいだから」

今日は帰るよといいかけるのを、里伽子はますます不機嫌な声で遮《さえぎ》った。

「ちょうどよかったわ。ちょっと待ってて。今、着替えるから。そこで待ってて」

すぐにバタンとドアを閉じた。そのままウンともスンとも連絡がないまま、ぼくはたっぷり20分は、ドアのまえで立たされていた。

（嫌《いや》がらせかなァ）

さすがにイライラしはじめたとき、ようやくドアが開いた。白いジーンズにTシャツを着ていた。髪はいそいでまとめたらしくて、後ろのほうにシニョンというのか、まあ、つまりオダンゴにしていた。

「入ってよ」

「いいのかな。なんか、熱っぽいみたいだし――」

里伽子の顔は赤かったし、口ぶりももたもたしている。それで気がひけてグズグズしていると、里伽子がますます不機嫌そうに眉をひそめた。ぼくはあわてて部屋に入った。

4畳半《じょうはん》くらいのキッチンと、その向こうに8畳ほどのフローリングの部屋。クローゼットのドアも白、壁紙も白で、ほんとに小綺麗なアパートだった。

ベッドにはちゃんとカバーが掛けられていた。風邪で寝込んでいたとすると、服を着替えたときに、ベッドもちゃんと整えて、ざっと片付けをしたらしい。

里伽子はよろよろしながらキッチンにたった。飲物を出す気らしいと気がついて、

「座ってろよ、ぼくがやるき」

というと、おとなしく部屋に戻ってきた。

「たのむわ。冷蔵庫にウーロン茶とか入ってるから、好きに出して」

ぼくはウーロン茶をコップふたつにいれて、8畳間のほうに運んだ。里伽子は床に座りこんで、ベッドによりかかっていた。ウーロン茶をひとくち飲んで、

「冷たいの、気持ちいい」

やっぱり不機嫌に呟いた。

KATSUYA

コップを渡すときの里伽子の手が、異常に熱かったので、これといって下心もなく里伽子の額に触ったぼくは、びっくりした。焼けるほど熱いというのはこれか、と思うほど熱かった。38度は完全に超えてる熱だった。

「おい、かなり熱あるぞ。どうして起きたりしたんだよ」

「なによ、せっかく杜崎くんが来てくれたんだから、帰しちゃ悪いと思って、ムリしたのに」

里伽子は笑いながらいったものの、すぐに、こんなバカな冗談《じょうだん》は続かないわというように、むっつりと黙りこんだ。

ぼくは内心、ひどくうろたえていた。里伽子の態度は、とても素直で（これが素直というのも、ひどい話だが）、それが風邪の熱のせいにしても、落ちつかない感じだった。

「なんでもいいから、ともかくもう一度、寝ろよ」

おずおずといったとき、また呼鈴がなった。

ベッドに上半身を凭《もた》れさせていた里伽子は、ふいにしゃっきりと背をのばして、ぼくを見た。

「杜崎くん、出てよ」

「回覧板とかだったら、どうすんだよ。男がでたら、近所の評判おちんか」

「なによ、回覧板て。そんなダサいもん、いまどき来るの？」

「ダサいって、そりゃ町内会はどこにいってもあるだろ。ゴミの日のお知らせとか、バス見学のお知らせとか。ウチなんか、一月に二回くらい回ってくるぜ」

「杜崎くんのとこ、田舎なのよ。うちのアパートは、そんなの来ないわよ」

「田舎って、おまえ、おんなじ東京で――」

いいかけたものの、ぼくもさすがに冷静になって黙り、立ちあがった。こんなときに、昔みたいに、言い争いをすることもないのだ。

ぼくはしぶしぶドアをあけた。そこには、どっかで見たような三十すぎの小柄《こがら》な女の人が立っていた。


「あら、あのう――」

女の人はびっくりしたように、背をそらしてドア横の表札を見るしぐさをした。

(ほら、みろ)

と思ったものの、ぼくはぼんやり思いだした。この人は、里伽子の父親の再婚相手じゃなかったっけか。一年前、マンションでたった一度、すれ違っただけだけれど、そんな気

がした。そう思ったとき、

「やだな、美香さん、やっぱり来てくれたの？　ぜんぜん、なんでもないのに」

里伽子が朗《ほが》らかにいいながらやって来て、ぼくの後ろに立った。

「電話だと、声も少し違っちゃうのよ。たしかに風邪ひいてるけど、ほんと心配するほどじゃないんだから。さっき、来られたら困るっていったのは、友達が来る予定だったからなんだ」

「なんだ、そうだったのか」

美香さんとかは人のいい笑顔をみせて、ちょっと困ったように、ぼくに笑いかけた。

食料品が入っているらしい紙袋を両腕で抱えていて、なにはともあれ部屋に入りたいのだが、里伽子が、

（ともかく、どうぞ）

のひとことを言わないばかりに困ってしまうわ、といった表情だった。確かに、そのとおりだった。里伽子は、どうぞの一言をいわないつもりに違いなかった。

「なんだか、お邪魔しちゃったな」

しかし、美香さんは里伽子より、よほど大人だった。彼女はさっさと玄関《げんかん》に入りこみ、どさりと紙袋を置いた。

「風邪だとばかり思って、スーパーで高いものばかり買ってきたのよ。里伽子さんに騙されちゃったわね。せめて、ふたりで食べてよ」

「ラッキー。スーパー石井でしょう。高級品、買わせちゃった」

「そのうち、ちゃんと紹介してよね」

美香さんは、まるで里伽子の年上の友人のような口ぶりでしゃべり、ぼくに目配せしてみせてから、さっさと玄関を出ていった。こういってはナンだけれど、あきらかに美香さんのほうが一枚も二枚も、役者が上だった。

里伽子はちらっとぼくを探るように見てから、重そうな紙袋をもって8畳間にもどり、ぺたんと座りこんだ。

「さっき、杜崎くんがくる30分かそこらまえに、美香さんから電話があったのよ。パパと美香さんとあたし、3人で相模湖《さがみ》のほうにドライブにいかないかって。都合が悪いとかなんとかいってるうちに、あたし咳きこんじゃって、風邪がばれたの。来なくていいって、いったんだけど、すぐ行くって」

そういいながら、紙袋をびりびりと、いかにも気分よさそうに破って、中のものを引っぱりだした。出てくるのが全部、イギリス製のクラッカーや、フランス空輸もののチーズなんかで、さすが成城にあるスーパーはすごいと、感心させられた。

「それで、ぼくがボーイフレンド役で、彼女を追い返すのにちょうど良かったんか」

だから、ぼくをわざわざ部屋に入れたのかと、ようやく納得できた。そうでもなけりゃ、里伽子がぼくを歓迎するはずもなかったのだ。

「まあ、そうね。怒った?」

「いや」

ぼくは小さく笑った。べつに不愉快《ふゆかい》にはならなかった。いかにも里伽子という感じだ。

「武藤には武藤の、意地のはり方があるだろうしな」

「ヘンな言い方。意地はそんなに……まあ、たいしたことじゃないのよ。ただ、あの人と面とむかったり、ふたりきりだと話題もないしさ。気まずいでしょ」

ぼそぼそ呟く里伽子は、いつもより、どこか素直だった。風邪の熱というのは、ときどきは有効なものだ。

「じゃ、役目も終わったから、ぼくは帰るわ。おまえ、ほんとに寝ろよ」

「いいじゃない、もっといてよ」

里伽子はむっつりと唸《うな》って、ぱたりと上半身をベッドに投げ出した。里伽子から、もっといてといわれるのは想像を絶することだったので、ぼくはぽかんとした。

ぼくは、よほどあからさまに驚いていたのだろう、里伽子はいいわけするようにぶつぶつといった。

「健康なときは元気なんだけど、体調わるいと、調子わるいわ」

「なんだ、それは。馬から落馬した、みたいな言い方だな」

思わず吹きだしたけれど、わかる気もした。たしかに健康なときはツッパッてもいられるけれど、体調が悪いときは、それどころじゃないだろう。ツッパリというのも、けっこう体力がいるもんだ。

バラまかれた食料品をていねいに集めて、ぼくはキッチンに持っていった。食器棚《しょっきだな》があったので缶詰《かんづめ》はそこに、ナマ物はちゃんと冷蔵庫にいれた。ひとり暮らしというのは、男を賢く、有能にする。

ついでに食器棚の中を整理しながら、里伽子はこんな38度以上はありそうな熱をだしても、電話一発で、看病に駆けつけてくれる女の友達もいないんだろうかと、ふと思ったりした。たぶん、いないんだろう。女の友達をつくるのがヘタそうなやつだから。

「じゃあ、ぼく帰るけど」

フローリングの部屋に戻って、ぼくは居心地の悪さを感じつつ、いった。

「看病してくれるヤツとか、呼んだらどうだ。病気のとき、ひとりってのは心細いぞ。ほら、前の男でもいいし」

「前の男って、だれよ」

「一年前にさ。親父さんに会いにきたときに、ホテルにきた男。なんかイマふうのタレントぽい感じのさ……」

「ホテル……イマふうのタレントぽいって……」

熱のせいか、それともほんとに覚えてないのか、里伽子はぼんやりとおうむ返しにいって黙りこんだ。およそ10秒ほども黙っていて、ふいに、ハーッとタメ息をついた。

「いつのこといってるの、杜崎くん」

「いつって、一年以上前だけど……」

「今、熱のせいか、すぐに名前だって出てこないわよ。いやだな、もう。そういえば、杜崎くんはあたしのヘンなところばっかり見てるんだ。だから、苦手なのよ」

「へー……」

とぼくは唸った。そうか、ぼくが苦手なのか。里伽子のヘンなところばかり見てるから。不思議と腹はたたなかった。なんとなく、そうだろうという気もした。

「ああ、思いだした。岡田くんだ。そういや、岡田くんからは連絡あったわよ。こっちからはしてないだけ」

「なんで」

「あたし、わがままなのよ、きっと」

　里伽子は驚くほどの真理をいって、黙りこんだ。まったく驚くべき素直さだ。おかげで、ぼくも素直になれそうな気がした。

「まあ、わがままはわがままだ。けど、ぼくは武藤が好きだったよ、ずっと」

「ああ、そう」

　里伽子は無感動に唸った。そのまま、またウンともスンともいわずにボーッとして、熱で潤《うる》んだ目をぼんやり宙にさまよわせていた。どうもタイミングが悪すぎたとぼくはすぐに後悔《こうかい》した。そのとたん、里伽子がいった。

「そのわりに、年上の美人と仲よくしてたじゃない、あの時」

「へ……」

「少し、むかついたな。あたし、杜崎くんはあたしのこと、好きなんだろうってちゃんと思ってたから。でも、ヘンなところばっかり見られてるから、いやだった。いやだったけど、ほかの美人と仲よくしてるのって、おもしろくないわよね」

「……なんか、めちゃくちゃなこといってるな」

「熱のせいよ」

　里伽子はむっつりといって黙りこんだ。確かに熱のせいだろうと思ったので、ぼくも黙りこんでしまった。

しばらくしてから、ぼくがいる限り、里伽子はパジャマに着替えないし、ベッドに入りもしないだろうという当然のことにふいに気がついて、あたふたと立ちあがった。腕時計をみると、なんだかんだで3時を過ぎていた。

「帰るわ、やっぱ」

「うん。ねえ、どうして、あたしの住所わかったの?」

「え……」

ぼくはぎくりとして口ごもった。熱があるといったところで、押さえるところを押さえているのがすごかった。

「今度、電話していいかな。そのとき話す」

口ごもりながら、ぼくはいった。里伽子は熱のせいか、それ以上、追及する元気もないようで、

「——いいわ」

面倒くさそうにいって、ぼくを見送るために立ちあがりもしなかった。熱があるのだ。

ぼくはアパートを出た。

電車にゆられて新宿まで戻り、そこから池袋方面にのり換え、また西武池袋線にのり換

えて電車にゆられている間じゅう、ぼくはひどく優しい気持ちになっていた。たぶん、人を好きになったときの一番幸せな気分というのは、今日みたいな気分のことをいうのだろうという気がした。

アパートに帰ると、午前中に掃除してあったせいで、部屋は気分よくきれいで、なんとなく、ふいにヒョッホーッと叫びたい感じだった。

面倒くさくて、また明日にでもしようと思っていた洗濯物《せんたくもの》の紙袋をもって、ぶらぶらとコインランドリーに行った。ちょうど日が翳《かげ》ってくる時刻で、いい夏の夕方だった。

待っているあいだに、となりのパチンコ屋でビッグセブンをやったら、どうしたことだ、すぐにフィーバーしてしまった。

玉をとっかえてから、ランドリーに戻って洗濯物を乾燥機《かんそうき》にぶちこんで、またパチンコ屋に戻ってやったら、またまたフィーバーしてしまった。結局、2時間ほどがアッというまで、元手2000円で、1万6000円が返ってきた。いい日というのは、こういうもんだ。

夏とはいっても、6時をすぎたあたりからいっきに辺りは薄暗くなり、ぼくは洗濯物のはいった紙袋をぶらぶら揺らしながらアパートに帰った。口笛をふきながら。ぼくの部屋のドアに、津村知沙がよりかかっていた。ぼくを見るなり、津村知沙は尋問《じんもん》口調でいった。

「どこ行ってたのよ」

「え、武藤のところに行ったんですよ」

津村知沙の登場があまりに急だったせいで、まぬけなことをいってしまった。もちろん、すぐに気がついた。彼女はただコインランドリーとか、メシ屋とかいう意味で聞いただけだったのだ。なのに、ぼくがいきなり里伽子の名前をだしたものだから、びっくりしたらしい。

「なんだ、リカちゃんのところ行ったのか」

津村知沙はむっつりといって、おもしろくなさそうに顔をしかめた。

「じゃあ、帰るわ」

そういったきり、ぼくの横をさっと通りすぎようとして立ちどまり、ふいに体で、ぼくの体をぶつようにしてよりかかってきた。

「こんなに早く、うまくいっちゃったのか。くやしいな」

津村知沙は心から、悔《くや》しそうだった。

「あんまり悔しいから、邪魔してやろうかな」

ぼくはなんといっていいのかわからず、知沙の体重でよろけないために、足を踏んばった。津村知沙が容赦《ようしゃ》なくよりかかってくるので、けっこう重かったのだ。

「津村さんが邪魔したら、武藤はムキになって近づいてきますよ。そういうコなんだ。津村さん、骨折りゾンですよ。楽しいことしてください。いいこと、いっぱいしてください。元気だしてください」

ぼくはまるで日本語を覚えたての外人みたいに、元気だしてくださいと繰り返した。それ以外の言葉を知らないみたいに。

今日は里伽子に会えて嬉《うれ》しかった。優しい気持ちになれたし、その気持ちのままで終わりたかった。津村知沙にも、優しくしたかった。ほんとに、そういう気持ちだった。だれかに、そんなにも優しくしたいと思ったことは、今までなかった。

津村知沙は1分くらい、ぼくによりかかっていた。やがて、ふいに体を起こして、ぼくをまじまじと見た。津村知沙の目は、目薬をさしたあとみたいに濡《ぬ》れていた。アパートのそばの街灯でも、それがよくわかった。この人はいま辛いんだなあと、ぼくはほんとにそう思った。

「帰るわ」

津村知沙はそういって、ふり返りもせずにすたすたと歩きだし、あっというまに角を曲がってしまった。

ぼくはしばらくの間、そこに立っていた。津村知沙がふいに戻ってきて、角から、ひょいと現れるような気がして。ぼくにはなにもできないけれど――つまり、彼女を好きとかそういう感情はないけれど、もし彼女が気が弱くなって戻ってきたとき、ぼくが立っていたら、すこしは慰《なぐさ》められるんじゃないかと思ったのだった。

ばかげた考えだ。けれど、ぼくはけっこう長いこと、そこに佇《た》っていた。里伽子以外の女の子にできる最高のことが、こんなことくらいなのを申しわけなく思いながら。

第六章

海がきこえる

高知行きの飛行機チケットが手に入ったのは、八月に入ってからだった。

もともと帰省用のカネは自力で稼《かせ》がなきゃならないから、七月中は、ドあつい東京に残ってバイトするつもりではいた。バイト先は口コミでもバイト情報誌でもたくさんあったから、問題はなかった。

問題は飛行機だった。ふと気がついて航空会社の予約電話をかけたときには、高知行きの便がぜんぶ、埋まっていたのだ。

一週間先、二週間先までいっぱいだといわれて、クーラーの壊《こわ》れたアパートの一室で、

（ウソいってんじゃねえ！　そんなに観光客きてたかよ、あの街に！）

あやうく電話ごしに、飛行機会社のお姉さんを怒鳴りつけそうになった。

結局、チケットが手に入ったのは、バイト先の測量会社で知りあった大工のおっさんの娘が、トラベル会社に勤めていて、そのコネのおかげだった。炎天下に、大型の分度器みたいなやつをもって、あちこち走りまわって働いたかいはあったわけだ。

ともかく、七月下旬のバイトは地獄《じごく》のように暑かった。

高知のほうが、よほど温度は高いはずなのに、東京の夏はジメジメしていて、コンクリートの反射熱がじりじりと照りかえしてくる。

（今日こそは、ランニング姿にならないぞ）

とかたく決心しても、昼ごろには決意もむなしくTシャツを脱いで、現場に出入りする工事関係者——ようするに、おっさんたちと同じカッコになってしまう。

おかげで海にいかなくても、くっきりと日焼けだけはできた。

「海でさんざん焼いてきた遊び人に見えて、カッコいいわよ」

夏休みになってから会った里伽子は、そういって笑った。

測量会社の親会社だかなんだかの建設会社から流れてきた巨人・阪神戦のチケットが手に入って、里伽子を誘ったのだ。

ぼくは巨人ファンじゃなかったけれど、東京ドームでもどこでも、クーラーの壊れたアパートよりはマシだったし、わざわざ買ったものではないので、かえって里伽子を誘いやすかった。

「よくまあ、あたしを野球に誘えるわね。ぜんぜん野球なんか興味ないのにさ」

たぶん断わられるだろうと思っていたのに、里伽子はあっさりと承知した。

何度かイベントで東京ドームにいったことがあるというので、ぼくらは正面ゲートの階段下で待ちあわせた。

里伽子は目をみはるような、ばっちり決まったメイクと、いかにも高そうな薄いブルーの麻の夏服であらわれた。気合のはいった本命デートのようなカッコだった。

ぼくは測量現場に仮設したシャワーを使わせてもらって、スッキリとはしていたけれど、フツーのジーンズにTシャツだったから、かなり気まずい思いをした。

「バイト帰りじゃ、そんなもんよ。気にしなくていいわよ。あたしが力《りき》はいってるの、こんとこ遊びにでることなくて、ストレス解消だからよ」

ぼくに気をつかってくれたのか、それとも誘いにのったのはストレス解消だといいたいのか、里伽子はそっけなくいった。

「女って、ストレス解消で、メイクして、いい服きるのよ」

「ふーん」

どういうストレスがあるのか知らないが、ぼくはあやふやに笑っておいた。

試合はもう始まっていた。レフト側の自由席で、これはといった席はぜんぶ埋まっていた。やっぱり人気のあるチームは違うもんだ。大好きなヤクルトの神宮なんか、そりゃ、いいカードのときは埋まるけれど、それでも全席うめつくしには、めったにならないもんな。

それでも空席をみつけて座ったものの、あんまり楽しいゲームでもなかった。

「なんか換気が悪いんじゃないか、ここは。息苦しいよな。目もドライになって」

ドームは初めてで慣れないせいか、巨人が今いち好きになれないからなのか、気がつくとぶつぶついっていた。

4回の裏になって、とうとう里伽子が笑いながら立ちあがった。

「杜崎くんて、すごいガキね。好きじゃないチームだから、そんなに文句がでるのよ。売店いこう。あたしもムシムシするわ」

ぼくは心から同意して、ふたりで通路にでた。

売店で、里伽子にはシャンパン——というかスパークリングワインを買った。自分用にビールを買って、据《す》えつけのテレビがみえる場所にいった。

壁にふたりでよりかかって、なんということもなくテレビを見た。テレビのまえには、けっこう人だかりがしていた。

「球場にきて、テレビで野球みるなんて最悪だな。地方の連中が泣くぜ」

「そう？　あたし、テレビの野球のほうがまだ許せるわ。アナウンサーが解説してるから、なにやってるかわかるもん」

「ああ、情ない。最悪だな、そんなの」

ブツブツいってビールを飲みながら、それでもぼくはなんとなく、いい気分だった。

里伽子はきれいに化粧《けしょう》している。見るからに涼《すず》しげな服をきている。透明なプラスチックグラスのシャンパン（もどき）を満足そうに飲みながら、ぼんやりテレビを見ている。

そのとなりに自分がいるのは、なかなか、いい感じだと思った。

「ねえ、あたしの電話番号、あの年上の美人に聞いたんでしょ」

ふいに里伽子がいった。ぎょっとして横を向くと、里伽子はシャンパンのグラスを口につけたまま、目はテレビに向けていた。

「うん、まあ、そうだよ」

ぼくもテレビに目を向けて、ぼそぼそといった。ちょうど松井がヒットを打ったところで、それに気をとられたフリをすることができた——つもりだったが、甘かった。

「あの美人、なんて人？」

里伽子は平然といった。野球に興味がないから、冷酷《れいこく》なものだった。ぼくはしぶしぶいった。

「えーと、津村知沙っていうんだ」

「つきあってるの？」

「いや、あのひとはただの先輩だよ、講義の」

「先輩か。杜崎くんてだれとでも、すぐに仲よくなれる人だもんね。先輩でも、女の子でも、後輩でもだれでも」

　里伽子の口ぶりは、べつに皮肉をいっているふうでもなかった。

「あたしも、まえはそうだったんだけどな、高知にいくまでは。高知で人格かわったんじゃないかって気がするくらい、今はダメだわ。大学でもサークルでも、浮いちゃって。夏休みに誘ってくれるコもいないなんて、以前のあたしじゃ信じられない。ヒマもてあましちゃって」

「うん」

　とぼくは素直に頷《うなず》いた。ヒマをもてあましているから、野球に興味がなくても、ぼくの誘いにのった、いい気にならないでね——といいたいんだろうと、ぼくは素直にうけとめた。

　ビールの紙コップを口につけようとして、もうカラになっているのに気がついた。それをみた里伽子はさっさと売店にゆき、自分のシャンパンのおかわりと、ぼくのビールを買ってきた。

「ぼくは八月にはいったら、クラス会に合わせて高知に帰るけどさ。里伽子も来ないか。ヒマなら」

　ぼくはなるべく優しい気持ちでいった。里伽子は首をすくめて、突然、関係ないことをいった。

「あたしって意地っぱりでしょ」

「うん？」

「大学を東京のにしたかったのは、むりやり高知につれてかれて母親を恨《うら》んでたからだし。そのくせ東京にきたら、父親に意地はってるのよ」

「なんの意地だよ」

「ひとり暮らしの生活費とかは心配するな、あんまりヘンなバイトするなっていうから」

「いい親父さんじゃないか」

「そう？　でも、あたしは一緒《いっしょ》に暮らそうっていうかと思ったのよ」

里伽子の口ぶりは、とても素直だった。

ふだん意地っぱりな人間が、素直になってボソッとなにかをいうときは、不気味なものがある。ぼくはなんとなく黙っていた。こんなふうに本音をさらけ出されると、いやになるくらい相手の気持ちがわかってしまう。つまり里伽子の淋《さび》しさとか、いろんなものが。

里伽子はぐいっと、水みたいにシャンパンを飲んだ。

「パパがそういったら、ふたりの邪魔はしないわよって、さっさとひとり暮らしするつもりだったんだけど。で、うまく新しい生活がスタートできそうな感じだったんだけどな。

うまくいかないわね。あたし、ほんとに高知にいくまでは世間とうまくやってる、いい子だったのよ。なのに、あれからずっと、どこか世間とずれっぱなしの感じがする」

ふいに、テレビのまえに集まっていたおっさんたちがオーッと叫んだ。

画面に目をやると、だれかがホームランを打ったようだった。だれが打ったのか、ゲームがどうなるのか、ぼくはすっかり興味を失っていた。

「あたしには、高知ってそういう街。なにもかもずれちゃった、いやな街よ」

「そうか」

里伽子のいいたいことがわかるような気がしたので、素直に頷いた。ようするに高知に里帰りするつもりはないといっているのだ。

ぼくらは7回の表までテレビを見て、ドームを後にした。

里伽子がきれいに化粧して、いい服を着てるんだし、どこかお洒落《しゃれ》な店に誘いたかったけれど、そっち方面はダメなので、どうしようもなくて、

「どうする?」

と里伽子に聞いた。まぬけな話だ。里伽子は首をすくめて、帰ろうかといった。ぼくらは駅にむかって歩きだした。

駅舎が見えてきたとき、里伽子がふいに腕をからめてきて、もっと歩こうといいだした。

40
KATSUYA

たしかに夏の暑さも夕方になると落ちついて、ぼんやり歩くにはいい感じだった。

　ぼくはあやふやな地理感覚を総動員して、車道の池袋方面というヤツを横目で睨《にら》みながら、歩いた。里伽子はてんから、方向など気にしていないようだった。

「あたし、杜崎くんが好きなのかもしれない」

　ふいに里伽子がいった。ぼくは立ちどまるわけにもいかず、そうかといってさすがに胸にズンときたので、思わず足を早めてしまった。

　車道にはひっきりなしに車が走り、歩道にはぼくらのほかにも、仕事がえりのサラリーマンやらOLやらが歩いていた。

「これってヘンね。高知にいたときだって、杜崎くんはあたしを好きなんじゃないかと気がついてて、どうってことなかったのに。どうして今になって、こんなこと思うのかな」

「それはきっと」

　とぼくはなるべく普通に聞こえるように、用心ぶかくいった。

「武藤はいま、淋しいからだよ。せっかく東京にもどってきたのに、うまく居場所がみつからなくて、淋しいんだ。だから、溺《おぼ》れる者はワラをも摑《つか》むってやつで、ぼくで手を打とうとしてんだよ」

「ずいぶん、きっぱりいい切っちゃうのね。あたしが杜崎くんを好きっていうの、思い違いなの?」

「きっと、そうだよ」

ぼくはあやふやにいってから、また歩きだした。里伽子はそれでも腕を離さず、まるで意地になっているみたいに、ぴったりとついて歩いてきた。

ぼくは競歩の選手みたいにせっせと歩きながら、自分のバカさかげんに呆《あき》れていた。せっかく里伽子が思い違いでもなんでも、好きといってるのに、どうして、こういう展開にもっていくんだろう。どうして、サンキューとかいって、喜べないんだろう。

一日じゅう炎天下で働いていた体の熱が、ここにきて、いっきに吹きだしたように、ぼくの体はじっとりと汗《あせ》ばんでいた。

もしかしたら、ビールの飲み過ぎかもしれないし、ただ単に、ムキになって歩きすぎたせいかもしれない。

体のどこかが熱っぽく、苛《いら》だたしいような、それでいて淋しいような夏の夕暮れを、ぼくは黙って、里伽子を引きずるように歩いた。

「よう、杜崎」

荷物をうけとって到着出口を出たところで声がかかり、ふり返ると、松野豊が人垣《ひとがき》のむこうから、頭ひとつだして、手をふっていた。

夏休みのさなか、せまい空港の到着ロビーは人でごった返していた。あちこちでオーッだの、ヤッ、どうもどうも、などとやっている。

ぼくと松野は、到着出口の左右に、ずらっと並んだ人垣に遮《さえぎ》られたまま数メートルほど歩き、ドア近くでようやく会えた。

「やっぱり、きてくれたがか。やったね」

松野の肩をこづいていったものの、そのとたん、自分から笑いだしてしまった。

「なんだよ、おい」

「いや、ここの空港ついたら、すぐに高知のイントネーションになってんのが、おかしくてさ。なんなんだろ、これ。ヘンな感じだぜ」

「おまえなんか、いいよ。おれ、京都だろ。京都弁てエネルギーあるから、ひっぱられるんだ。ウチに帰ってから、イヤミいわれっぱなしだぞ。アクセントがヘンだって」

「まあ、日本も広いわ」

ガハハと笑いながら、ぼくはなんとなくホロリとしていた。

高知についたとたんに体が土佐弁を思いだすのと同じように、松野の顔を見たとたん、すぐに高校時代が甦《よみがえ》ってきてしまった。懐《なつ》かしさみたいなもので、いっぱいになってしまった。故郷というのはいいもんだ、友達というのもいいもんだ、みたいな日本再発見的なカンドーがあって、しみじみしてしまった。ヘンな感じだった。

松野が車できているというので、ぼくらは空港の横手にある駐車場にいった。空港の建物をでるなり、やっぱり外は暑かった。けれど東京のムシムシとは違って、カーッとした暑さは許せる。

車はオヤジさんの白のカローラだった。サンシェードは、虎が吠《ほ》えてる暴走族むけのやつで、松野のおやじさんの趣味《しゅみ》にしてはスゴすぎると思ったが、黙っていた。

「ふーむ。ほんとに車で来たがやなー」

「なに感心しゆうがな」

「だってさ、京都いってすぐに教習所かよう根性が、すごいよ。ぼくなんか街に慣れるのに一ヵ月、大学になれるのに一ヵ月、バイトに慣れるのに一ヵ月でさ。気がついたら、もう夏休みだぜ」

「東京と京阪神の違いだよ。京阪神はここと文化圏《ぶんかけん》ちかいき、すぐ慣れるんだ」

「ふん。若葉マークで、もう女つれて神戸にドライブてか」

「お、なんで知っちゅう?」

バカ話をしているうちに、松野は車をだした。

免許とりたてというわりに——とりたてのせいか、異様に丁寧《ていねい》なスタートで、まるで運転手つきのクラウンにのっているような気分だった。まあ、運転手つきのクラウンなんかに、実際にのったことはないけれど。

高知市にむかう国道は、かなり混んでいた。それでも、バスより車というのは気分のいいもので、ぼくは上機嫌《じょうきげん》だった。

昨夜、松野から電話もらったときは、上機嫌というわけにもいかなかった。ちょっと驚いてしまった。

洗濯物《せんたくもの》をボストンバッグに詰めおわって、風呂《ふろ》でも入るかというときにベルが鳴って、

「おい、明日、こっち帰るんだってな」

前置きもなしに、松野の声が聞こえてきたときは、なんなんだと思った。

「おれ、免許とったばっかなんだ。車で迎えにいっちゃおうか」

今はともかく、なんでもいいから運転したい時期なんだよという松野の声を聞きながら、ぼくはふと、

（半年ぶり——どころか八、九ヵ月ぶりの松野の声だな）

と妙なことに感動したり、ビクビクしてたりしたのだ。それにまた、

（これは、松野からの友情再開サインなのかな）

なんてことも思ったりして、ボーッとしていた。

ぼくと松野は、去年の十一月四日――ようするに、学園祭の最終日からずっと、口をきいていなかったのだ。

それは当然のようにも思えたし、不当のようにも思えたし、偶然《ぐうぜん》だともいえたし、なんともいえなかった。

どうして、そんなことになってしまったのだろう。いや、もちろん、里伽子がからんでいるせいなんだけれど……。


里伽子とぼくは、六年生の一学期末には、同じクラスにいながら口もきかず、顔があいそうになると背《そむ》けあうという、いわゆる子どもの世界でいうところの、

（絶交状態）

にあった。二学期になってからも、それはかわらず、そのまんま学校生活は推移《すいい》していくかにみえた。

里伽子は小浜祐実とだけ仲がよく。あいかわらずクラスから浮きっぱなしで。かなり成

績はよくて。ぼくとは、二度とクロスすることもなくて。

ところが十一月一日からはじまった学園祭のとき、ちょっとした事件があった。

とどのつまり、里伽子は学園祭の全スケジュールを、〝足抜け〟したのだ。そして、それに怒ったクラスの女子有志が、最終日に里伽子をよびだして〝つるしあげ〟をやった。

あのときも、つるしあげたコたちのほうを、

（バカだな。なに、アツくなっちゅうがな）

と思ってたし、今となればますます、

（やっぱ、学校生活最後の盛りあがりで、頭に血ィがのぼってたんだなー）

と思う。けれど、まあ、気持ちはわかる。

もともと、ぼくらの学校はまじりけなしの名門私立の受験校で、一番歴史があるだけに、いつも追われる立場だった。

学校一丸となった受験勉強バンザイムードがあり、そのために修学旅行だって変更《へんこう》になったくらいで、私立らしい自由な校風もヒト皮むけば、教師も生徒も、テストのランキングしか興味のないような学校だった。

だからますます学園祭だけは、みんなが異様にリキをいれる聖域みたいなもので、それを平気でサボる里伽子に、それまでの不満がいっきに爆発《ばくはつ》しちまったのだ。

それとも、学園祭の直前にあった大手の全国統一模試で、里伽子が私立文系でランク入りしたのも、あんがい、みんなのカンにさわっていたのかもしれない。

ともあれ、里伽子はオデン屋の模擬店《もぎてん》の、当番日をサボった。

二日目の仮装行列も、みごとにサボった。

三日目の自由日には、もちろん顔をださなかった。

そしてストームの最終日に、怒った女子の有志に、

「最終の今日は、ゴミ掃除《そうじ》と後片づけなのよ。これまでサボる気？　出てきなさいよ」

と嘘《うそ》をついて呼びだされ（後片づけは、ちゃんと学園祭の翌日、翌々日の二日があてられていた）、のこのこ学校に出てきたのだった。

最終日は学園祭のクライマックスのダンス天国で、学年6チームが、それぞれに設定したユニフォームと音楽で、ヨサコイを踊りまくることになっていた。

ぼくら六年生は、沖縄《おきなわ》ふう民族衣装に、ワールドミュージック風にアレンジしたテープで、ファイトすることになっていた。

最終日が一番もりあがるのは、ちゃんとHRで聞いていればわかるはずなのに、

「後片づけがある」

といわれて、のこのこくるあたりに、いかに里伽子が、クラスや学校のことに無関心で

通してきたかがわかる。

そうして、その無関心ぶりを隠《かく》すどころか、あからさまに見せてしまっていた里伽子の、無神経さを装った淋しさみたいなものだって、今ならわかるが——

あのときは、そこまではわからなかった。

ともかく、ぼくは古いカスリの着物を膝《ひざ》たけまで着て、ダンボール製のジャミセンふうハリボテを背負いつつ、便所に行こうとしたものの校内のは行列しているので、ふと、

(運動部の合宿所に、便所いっこ、あったっけ)

と思いだし、こういうリコウなことを思いだすとはたいしたものだとわれながら感心して、行列している連中をしりめに、体育館の裏手にいったのだ。

そこで、里伽子は6人か7人に——つまり、クラスの女子の半数ちかくに囲まれていた。

そうか。あのときは、なんとも思わなかったけれど、クラスの女子半数近くか。一クラスは男子25人に、女子15人くらいだものな。うむ。

今さらながら、里伽子がいかにクラスの女子に嫌《きら》われていたか、よくわかるが、ともかく6、7人に囲まれていたのだ。

聞こえてくるのは、おそろしく立派なことばかりだった。

「あんた、クラスの和ってこと、どう思うちゅうがよ」

「自分のことばっかり考えてて、それで世の中、いいと思いゆうが」

そういうようなことを、女子有志はいっていた。

もっといろいろいっていたし、すごい個人的なこと——

「男子に興味ないふりして、媚《こ》びるんじゃないわよ、柳田くんに色目つかって！」

みたいなセリフもあった。

里伽子と〝媚び〟なんていうのは、一番、ストレートに結びつかないイメージで、どうして、あそこに〝媚び〟だの〝柳田くん〟だのが出てきたのか、あのときもわからなかったし、今でもよくわからない。

たぶん、女子有志のなかに、柳田（こいつはたぶん、六年1組の柳田ケンジのことだと思う。ようわからんが）を好きなコがいて、たまたま里伽子と柳田が廊下をすれ違ったとき、目があったとか、そういう私怨私恨《しえんしこん》があったのかもしれない。

今にいたるも、真相はわからないが、里伽子はそういう非難をされていた。

そして里伽子のほうは、いかにも彼女らしく、顔色を変えるでなく、泣きそうになるでもなく、平然として、

「クラスの和って、なによ。政治家みたいなこと、いわないでよ。バカらしい」

「自分のこと考えてダメな世の中って、どういう世の中よ。世間が、あたしのこと考えてくれるの？　自分のこと考えるの、あたりまえよ」

「柳田？　だれ、それ。見たことも聞いたこともないわよ。ここにつれてきてよ。あんたなんか、大嫌《だいきら》いっていってやるから」

と——

実にみごとに、ひとつひとつに反論していた。

俯《うつむ》いて唇《くちびる》をかむとか、バカにしたようなウス笑いを浮かべて沈黙する、といった女の常套《じょうとう》的な手口は、絶対に使わなかった。

ぼくは今なら、わかる。里伽子の誠実が。

里伽子は突っ張っていたし、クラスのことにもクラスメートにも無関心だったたし、東京の大学に進学するひそかな目的をはたすべく勉強していて——

ほんとに自分勝手なやつだった。けれど、里伽子は誠実だった。ちゃんと、女子有志に誠意をつくして、辛辣《しんらつ》に反論していた。なかなか、できることじゃない。

でも、あのころはそうは思わなかった。やっぱりナマイキなやつだと、建物の陰にかくれながら、呆れていた。

ぼくがその場にゆきあってからでも、ゆうに20分くらいは、やりあっていた。そのまえのも合わせると、1時間ちかく、吊《つ》るしあげられていたかもしれない。

やがて女子有志のひとりが、あまりのふてぶてしさに、里伽子の髪《かみ》をひっぱり、平手打ちした。

（まずい。ここは出てかないと……）

とさすがに思ったのだが、そのとき女子有志のリーダー格だった清水明子という冷静なコが、

「やめや。表沙汰《おもてざた》にされたら、あんたの内申にキズつくだけで。こんなヤツのために、あんたが泣くことないやんか」

まことに受験生らしい、そしてすごい嫌味をいって止めた。それでなんとなくしんみりした雰囲気《ふんいき》になり、女子有志たちはぞろぞろと、その場を離れていった。里伽子の髪をひっぱったコなんかは、ハイになっていて、涙ぐんでいた。

里伽子は胸のところで腕組みをして、女王さまみたいに傲然《ごうぜん》と頭をあげたまま、女子有志を見送っていた。そうして、そのままの姿勢で、しばらく、ぼんやりつっ立っていた。

ぼくはようやく、自分が便所を我慢してたのを思い出し、里伽子に見つかるのを覚悟《かくご》で、その場に出ていった。そこを通らないと、便所のある合宿所にゆけなかったのだ。

「杜崎くん……」

里伽子はぼくがひょこひょこ出てきたのを見て、心底、驚いたらしい。とたんにキッとして、噛《か》みつくようにいった。たしかに、見られて楽しいシーンではなかったろう。

「いつから、いたのよ」

「……さっきからだよ。おまえは立派だよ。あれだけに囲まれても、一歩も引かんかったもんな」

厭味《いやみ》っぽい口ぶりだったのはたぶん、ぼくの中に、うしろめたさがあったからだ。

あの場に、助けに出るべきだったのに、10人ちかい女子のなかに、ひとりでとびこむには腰が引けていた。それに里伽子だって、仲裁してもらっても感謝もせず、それどころか、（よけいなことしないでよ、でしゃばり！）

くらいは確実にいうはずで、とても出ていく気にはなれなかった。それでも、やっぱり後ろめたかった。

「つるしあげゆう方が、涙ぐんじょったもんな。たいしたもんだ」

いい終わらないうちに、里伽子はぼくを平手打ちした。いい音がした。

一学期の末にも、里伽子に平手打ちされたことがあったけれど、あんなヤワなものではなく、思いっきりの平手打ちだったのは確かだ。左目が、とびだすかと思うほど痛かった。

「バカ！　あんたなんか最低よっ！」

そう叫ぶ里伽子の目に、ふいにじわじわっと涙が滲《にじ》みでてきた。

（え、ウソだろ……）

あまりのことにびっくりしているうちに、里伽子はその場を駆けだしていった。

ぼくはほんとうにびっくりして、ぼんやり立っていた。どのくらい立っていたのだろう、気がつくと、

「おい」

背後から松野の声がした。ふり返ると、彼が立っていた。

おう、松野……と笑いかけた。松野はひどく心配そうな顔つきで、

「武藤がなんか、走ってったぞ。泣いてるみたいでさ」

といった。ぼくは、〝つるしあげ〟を説明した。おもしろおかしく。さすが武藤だよ、気が強くて、たいしたもんだ——というふうに。

「おまえ、止めんかったがか？」

「止めたって、でしゃばりとかいわれるのがオチだしさ。いいクスリだよ。ともかく、ナマイキだよ、あいつは」

ぼくがそう言い終わらないうちに、松野はほとんど表情を変えないままで、コブシでぼ

くを殴《なぐ》りつけた。それは左の頬骨《ほおぼね》のあたりを直撃して、かなりきいた。里伽子の平手打ちなんかとは、重さが違った。

「おまえ、バカやにゃあ」

松野はそういい捨てて、さっさと立ち去ってしまった。

ぼくはわけがわからないまま、それでも、なんとなく我にかえった感じで、合宿所の便所にいそいだ。

そこで水洗とはいえ、和式のにまたがってウンチングスタイルになりながら、さまざまなことを考えた。

そんなに松野は里伽子が好きなのか。

ぼくが里伽子を助けなかったことに怒って、殴りつけるくらい。なるほどなあ。男の友情というのも、今の世の中、なかなか難しいものがあるなあ——

そんなことをこもごも考えて、でも松野とは今までどおりだ、まあ一、二週間はお互いに気まずいだろうけど、と思いなおした。しかし、それは甘かった。

冬休みに入るまでに、何度か彼と廊下ですれ違ったけれど、ちょっとした合図もなかった。無視という感じだった。

そのうち冬休みになり、あとはもう学校生活なんて無きがごとし、そのままいっきに卒業式になだれこんでしまった。そのあとの連続コンパでも、一度も、彼とクロスしなかった。

松野が志望大学に合格したのを知ったのもクラス情報だったし、彼が京都に発《た》ったのを知ったのも、コンパの席でだった。ちゃんと覚えているが、それはディスコで、

「えーっ？　松野がどうしたって？　聞こえねえよ」

と何度もどなったすえに、やつの京都行きをきき、かなりショックだった。でも、それだけだった。ぼくも東京行きがひかえていた。別れはいっぱいあったし、でも新しい生活も目の前に広がっていて、期待と不安とで体のどこかが疼いていた時期だった。松野のような友達が大学でできるだろうかと、ちらりと淋しく考えたけれど、まあ、人生こんなものだろうとも思った。

そうして昨日、ふいにアパートに電話があるまで、ぼくと松野の交渉はぱったり、途切れていたのだ。

松野の運転はじつにじつに、彼のキャラクターそのままに安全運転だった。

休み中に、四万十川本流のほうに、ふたりでドライブしようという誘いにも、安心して

ＯＫできた。

ぼくの家の前まで送るといってきかず、松野はくねくねした坂道を、絵に描《か》いたようなハンドルさばきでこなして、家の前までつけてくれた。

「おい。寄ってけよな」

当然、寄っていくだろうと思って声をかけて、ドアを開けた。松野は、いや、今度にするよといった。ぼくは、え？　と横をみた。

「なんだよ。無料迎車ってか？　ウソだろ。京都の話とか、してけよ」

「まあ、今日は遠慮《えんりょ》するわ。家族だって、待ってんだろ。それに今夜だろ、おまえんとこのクラス会」

「よう知っとるな。ウチの母親に聞いたがか」

確かに、高知到着の本日が、ぼくらのクラスの卒業後一回目のクラス会だった。

そのクラス会にあわせて、ぎりぎりまでバイト料の高い東京に居すわって、せこせこ金をためていたのだ。

松野は、ぼくの帰省日を母親に問いあわせて、アパートの電話番号なんかを聞いたついでに、今日がクラス会だというのも聞いたのだろうか。ほんとうに、なにからなにまで気のつくやつや。

「どうせ今夜、浴びるほど飲むろうし、すこし体調ととのえちょけや。明日か、あさってにでも会おうぜ」

「そうか」

まあ、それもそうかもしれないと思いなおして、ぼくは素直に車をおりた。すると松野が助手席がわにすこし身をのりだして、ぼくを仰《あお》ぎみるようにして、助手席の窓ごしにふいにいった。

「ずっと謝ろうと思ってたんだ。殴って、悪かったな」

「え？　あ、なんだ。無料迎車は、そのためか。ハハハ」

気まずいやら、照れ臭いやらで、ぼくはわざとらしく、まのぬけた笑い声をあげた。

「そうかそうか。それで、タダのお迎えか。トクしたな」

「――あのとき、おれが怒ったのは、おまえがおれに遠慮しゅうのがわかったときぞ。あのときまで、気がつかんかった。おまえが武藤を好きだったの」

松野はひどくのんびりした顔で、のんびりした言い方をした。おかげでぼくは、慌《あわ》てずにすんだ。

「あのとき、あ、そうだったのかと思ってさ。こいつ、おれに遠慮しよったがかと思ったら、むかついてさ。そういうことなんだ。悪かったな」

「うん、まあ、そうか。うーん」

「また、連絡するわ。おまえも、よこせや」

そういって松野が身をひっこめたので、ぼくはドアを閉めた。松野は絵に描いたような

バックをして、国会議員をのせた運転手のような用心ぶかい運転で、坂を下りていった。

ボストンをもって玄関《げんかん》に入ろうとして、ふと、左手に広がる海が目にはいった。

家はボロくても眺望《ちょうぼう》だけはいい坂上のぼくの家からは、土佐湾があまりにもきれいに

見渡せるのだ。

（あー、帰ってきたなー）

夏の陽盛《ひざか》りの光をいっぱいに反射して、きらきらと光っている海に、黄色の帆《ほ》をはった

ヨットが滑《すべ》っていた。対岸に建っている金持ち相手のマンションに、東京や大阪から医者

や弁護士がきていて、ヨット遊びをしてるのだろう。海はおだやかに光っていた。

（そうかそうか。あのとき、松野にばれたのか。おれが里伽子を好きなのが。ふむ……）

ぼくは長いこと、黄色のヨットをぼんやりと眺《なが》めていた。

ちょっと涙ぐみたいような、松野にも、里伽子にも謝りたいような素直な気持ちで。

大橋通りから小路にはいったヤキトリ屋の戸をあけると、笑い声やら、しゃべり声がどうっと襲いかかってきた。ぼくはちょっと立ちすくんだ。

そこは元クラスメートの小林（♀）の両親がやっている店で、小綺麗《こぎれい》でしゃれた感じの、しかし狭すぎる店だった。

カウンターはつめて8、9人。10人はムリという、きわどい線だ。

壁をつたうように奥にゆくと、4人がけテーブルが三つの小上がりがある。

つめにつめても20人が限度で、なのに店内には、どうみても30人はいて、貸切りだった。

6時からのクラス会に、7時に顔をだしたせいか、ぼくが入っていってもだれも見向きもせず、すっかり盛りあがっていた。

「あ、新しいの来たの。あ、そこ空いちゅうき、すわって」

カウンター内のおじさん（当然、小林の父親だ）が、あいているカウンター席を、顎《あご》でしゃくった。

その席には、先客アリをしめす小さい水色のペーパーバッグが置いてあった。

（だれか、便所いってんじゃないのか）

と思ったけれど、ほかに席がない。バッグを壁掛けにひっかけて、座席を横どりしてしまった。

「おう、杜崎か。おまえ、遅かったな」

右どなりの佐々木（♂）が、ちらりとぼくを見て、不機嫌《ふきげん》そうにタバコの煙を吹きあげ、すぐに右どなりの青島（♂）と話をつづけた。

「だから、おれは辞めさしてもらうっていうたがよや。なんか、たまんねえよな。なんでいちいち、サークル辞めるのに、ＯＢのよびだし喰《く》らうんだ？　ＯＢつったってプーだぜ、プー」

「うーん、体育会じゃねえんだしな」

「はめられたんだよ。しっかしなー、まさかスキーのサークルはいって、宗教やらされると思わんかったぞ。アパートまでガンガン電話きて、もうノイローゼだぜ、おれ」

佐々木はねちねちと、しきりにグチっていた。半年ほどの大学生活で、いろいろ悩みが出てきてるらしい。

左どなりは女の子で、横の子と夢中でしゃべっている。ふたりとも、とっさに名前が出てこないので、声をかけるのは控えることにした。

煮物鉢《にものばち》がずらっと置いてある横に、氷の溶けかけたチューハイグラスが10コほど、並んでいた。ひとつ取って飲むと、ウーロン・ハイだった。

半分くらい飲んだところで、杉田（♀）が便所から戻ってきた。

「あら、席とられちゃった」

ぼくをみて不満げに鼻をならしたけれど、文句をいうでもなく、小上がりのほうにいってしまった。女の子ひとりくらいなら、どこかに空間があるらしい。

ふと背をそらして、奥の小上がりをのぞいてみた。

長いつきあいで、まっさきにアサシオ山尾が目についた。彼のとなりには、小浜祐実がいて、ふたりでしきりと笑いあっている。

アサシオ山尾は酒のせいか、目もとが真っ赤だ。小浜祐実は実にもう、ハイクラスの女子大生ぶりで、化粧もきれいだし、よーく目をこらすとピアスをしていた。

（ふーむ。アサシオもがんばってんな）

ぼくが来たことにも気づかず、マドンナの小浜祐実と嬉《うれ》しげにしゃべっているというのは、なんとなく〝心洗われる〟というか、うつくしい光景だ。いいことだ。

取り皿に煮物をとり、もぐもぐ喰っていると、

「杜崎、やっと来たがやねえ」

奥のほうから、えらい美人がチューハイのコップ片手に、すうっと出てきた。よく見ると清水明子だった。

とりたてて化粧をしているわけでもないのに、唇に塗《ぬ》った真っ赤なルージュが、人目を

ひく鮮やかさだった。

もともと顔立ちのくっきりしたコではあったけれど、口紅ひとつで、これだけ目立つというのは、やっぱり素《もと》がいいんだろう。

「遅かったやんか。杜崎って、東京組の初代幹事でしょ。一回目のクラス会くらい、早めにでてくるもんよ」

壁に背もたれて、清水明子は笑いながら文句をいった。ぼくは思わず吹きだした。どこの世界にも、いくつになっても、クラス委員タイプの人間というのはいるものだ。清水明子なんかは、典型的な委員長タイプだ。悪い意味じゃなくて、いい意味で。

「いや、そのつもりだったんだけど、つい寝すごしてさ」

ぼくはチューハイをのみのみ、弁解した。

クラス会まで時間があるので、ちょっとベッドに横になったのがまちがいの元、トロトロと眠気が襲ってきて、熟睡《じゅくすい》してしまった。母親がまた、

「なれない東京暮らしで、疲れがたまってんのよ。起きるまで寝かしちょっちゃろうかね」

などと気をつかって起こさなかったので、6時半まで熟睡してしまった。幹事役の榎本《えのもと》(♂)が気をきかして電話をかけてきて、それでようやく起こされたのだ。

「これでも、顔もろくに洗わずに、チャリで駆けつけてきたがぞ」

「もう少し、早くくるとおもしろかったのに。オープニングから異様に盛りあがっちゃって、いっきに告白タイムに突入したのよ」

「へえ、ツーショットなしで」

「なしで、いきなり告白よ。3人が〝実は、ダレソレが好きだった〟といいだしちゃって。山尾くん、小浜さんが好きだったのねー。びっくりしちゃった」

「あいつ、そんなこと告白したのか」

といいつつ、清水明子が楽しげに笑っているので、ぼくも笑った。

クラス委員タイプとはいえ、モノのわかったコだから、クラス会の告白ごっこの遊びの部分が、よくわかっているようだった。

ぼくらは純朴《じゅんぼく》だから、いまだに気持ちが尾をひいているときは、なかなか、みんなの前で告白するなんてことはできないものな。遊びにことよせて本心をしゃべるという演技力は、ぼくらにはないわけだ。

「で、清水はだれかに告白されたか？」

「されたら、ひとりで飲んでないわよ。でも、明日かあさってあたり、誘いがくるかな」

「自信あんなー」

「まあね。最初に、自己紹介《じこしょうかい》で大学名をいったでしょ。あたし、大阪なのね。すると京阪神方面のコたちが、あ、大学戻ってから、誘えるかなって顔しちょった。東京方面のコは、おなじ東京組が目をキラキラさせちゃうわけ。地元はもう、最初っから、あきらめの境地ね。夏休み中は遊べても、学校はじまったら、どうにもならんもんね」

「ふーむ。そういうシステムなのか、クラス会の裏テーマは」

と、ぼくはかなり本気で唸《うな》った。

そうか。告白タイムはアテ馬で、みんな本心は、だれが自分のエリアの子か見極めておいて、秋からに備えるわけか。そりゃあ、関西組の男が、東京組の女を好きになっても、いろいろ障害があるだろう。学生で、新幹線の恋愛《れんあい》をやるわけにもいかないし。

「なるほどなあ。やっぱ、恋愛も距離がきめてかァ」

「うふふ。実感こもっちゅうやん。杜崎くん、東京組の女の子とはどうなのよ。何人かいるはずだけど。羽山さんとか、えーと、松坂さんとか、そうそう、武藤さんも」

壁に背もたれたまま、清水明子はこくんとチューハイを飲んだ。

その口ぶりには、これといって含《ふく》みはなかったけれど、ぼくはふと思いだした。そういえば、清水明子は里伽子を嫌っていたんだ。

それがどうというのでもないのだけれど、ぼくはなんとなく複雑な気分になって、どぼどぼビールをコップについだ。ふいに、清水明子がいった。

「そういや、その武藤さん、ここには来てないけど、二次会のほうにくるって」

「え？」

ぼくはびっくりして、清水明子を見返した。清水明子はべつだん、アテコスリの表情でもなく、とても楽しそうだった。

「昨日のお昼ごろ、大丸のアイスクリームんとこで、ばったり会《お》うてね。おととい、帰ってきたがやって。クラス会の話したら、顔だしたら浮くんじゃないかなって心配そうにいうから、二次会にまぎれこんだらえいわって」

「へえ……」

「はっきり返事しなかったけど。来ると思うな。なんだか、すごくなつかしかった。美人になってたわよ、彼女。もともと美人だったけど」

「もしかして、ばったり会ったとたん、きゃー、なつかしー、どうしたのぉー、とかやったか？」

「え、どうしてわかんの？」

清水明子はきょとんとして、目をみひらいている。ぼくはまた笑いだした。清水明子はいいコだった。少なくとも、意地悪ではない。だから同性に人気があったし、しらずしらずのうちにリーダー格になるようなところもあった。

「おまえ、武藤のこと嫌ってると思いよった」

コップいっぱいについだビールをごくごく飲みながら、ぼくはふと、いってみた。

うすい琥珀色《こはくいろ》のチューハイグラスをもった清水明子は、うーんと背中をべったり壁にあてて、ちょっと考えてから、

「そうね。好きじゃなかったわ。すごーく嫌いだった。昨日はそのことで、ふたりで盛りあがっちゃってさ。でも、どうして知っちょったが、あたしがあの人、嫌いだったの」

とほんとに不思議そうにいった。なんのこだわりもない言い方だった。

ぼくは笑いだすわけにもいかないので、しかつめらしい顔をして、うん、まあ、と口の中で呟《つぶや》いておいた。


女の子のわからなさというのは、つまり、そういうことなんだと思う。

二次会は中央公園の裏手にあるカラオケボックスで、20人ちかくが流れた。一番おおきい部屋を借りたというのに、入ってみると、超満員だった。

幹事とスタッフがちゃんと手をまわして、ビールや缶《かん》カクテルやボトル、おツマミがテ

ーブルいっぱいに並んでいた。

すぐにカラオケがはじまり、レーザーカラオケというのは不思議に演歌がにあってしまって、3曲ほど演歌が続いた。

そのあとポップスナンバーがリクエストされて、一曲目が流れ出した。ぼくが里伽子に気がついたのは、その最中だった。

力唱している女の子を盛りあげるために、画面を眺めながら、曲のあいまに、

「メグミー」

とハンドメガホンのかけ声をかけていて（つまり、歌ってるのはメグミというコだったのだ）、ふと視界のはしに何かが動いたので、なにげなしにそちらを見た。

向かい側のソファに、ちょうど里伽子が座るところだった。

左右に清水明子やら、ほかの女の子やらがいて、みんな体を乗り出しあって、

（あ、きたのー）

（わー、武藤さん、どーしたのー）

などという挨拶《あいさつ》をやっていて、それが目についたのだ。

里伽子と清水明子を中心に、左右の数人の女の子たちが頭をゆらして、なにごとかしゃべりだした。熱唱をじゃましないために、ヒソヒソやっていて、それでますます頭だけが

ススキみたいに揺《ゆ》れていた。

ススキの中には、どうみても、あの吊るしあげに加わっていた子もいるはずなのに、すっかり和気アイアイだった。

メグミが歌いおわり、つぎに宗教問題で悩んでいた佐々木がとびだして、ぜんぜん知らない曲が流れだした。

メグミはさっそく清水明子たちのおしゃべりに、加わった。

里伽子は白い麻っぽいワンピースに、白いソックス、パーマ気のある髪をうしろでまとめて、まるで保母さんのようだった。

女の子たちはしきりと里伽子に質問を集中していて、里伽子はそのたびに、あちこちに頭を動かして、ちゃんと答えている。しぶしぶという顔ではなく、あははと声を出して笑うような、そういう顔だった。

ぼくはふと、その日の昼、松野とぼくのちょっとした和解シーンを思いだし、

(やっぱ女の子の仲なおりは、男とは発想がちがうよなあ)

ヘンな感銘《かんめい》を受けてしまった。

彼女たちには、妙に照れた、あやふやさというものがまるでない。率直で、面喰らうくらいのパワーのある集団仲直りシーンではないか。

迫力負けしてしまって、そのあと2曲くらい続いたカラオケの画面を、なんとなく眺めていると、ふいに肩を押された。

顔をむけると、里伽子が立っていた。

「ああ……」

ぼくは寝ぼけたように唸って、体を左右にブルブルさせて空間をつくった。

里伽子は当然のように、わずかな空間にわりこみ、やっぱり左右を肘《ひじ》でつついて、より広い空間を確保してしまった。

むかいの女の子グループは、もう里伽子が抜けたのを忘れたように、手拍子《てびょうし》している。曲はよく知らないけれど、有名なやつらしかった。

「一昨日《おととい》、来たんだって？」

ぼくは画面のほうをみながら、ボソボソいった。

「うん、そう。どうして知ってるの？」

「清水からきいたんだ」

「ふうん。ママがね、内緒《ないしょ》でキップかっといて、ぎりぎりに送ってきたの。使わないんなら、払い戻しなさいって手紙つきで。そこまでやられると、来ないわけにもいかないわ。ママから仲なおりしようっていってるのに、ここでこじれると、もうチャンスないし。マ

マって、あたしより、意地っぱりだしね。で、折れたの」

「そうかァ。おまえの母親も知能犯だな、なかなか」

ぼくは目のまえにあった缶カクテルをとって、里伽子に渡した。里伽子は素直にうけとって、プシュッと勢いよくあけて、ごくごくと飲んだ。

ちょうど曲が終わり、そのとたん里伽子が立ちあがって、手をあげた。

「武藤、歌いまーす。アムロかけて」

ぼくはあっけにとられて、里伽子を見送った。

あっというまに前奏が流れて、ケバいOLが横浜かどこかを歩いてる絵が出てきた。そのころには、みんなそこそこ酒も回っていて、男連中もだれも、里伽子の登場をふしぎに思わないようだった。

里伽子は両手でマイクを握って、なにやら歌いだした。

口をつきだすようにして、振り付きで歌う里伽子の顔をみるのは初めてだった。ぼくは熱心に見てしまった。その1分間だけ、ぼくはまじまじと里伽子だけを見ていた。そんなに長く、里伽子だけをまっすぐに見るのは初めてのような気がした。

エコーのかかりすぎで、歌詞はまるで聞き取れなかったけれど、いい歌だと感動してしまった。きっと里伽子が歌っているからだ。

（そうか。やっぱり好きだな、おれは）

ぼくはなんとなく、しみじみとそう思った。いい気持ちだった。

けれど、その感動も1分後にはパーになってしまった。途中から、羽山と清水明子がくわわってトリオで歌いだして、やんやの喝采《かっさい》になったのだ。

そのとたん、ぼくは薄情にも興味を失ってしまった。チーズおかきの小袋をやぶり、バリバリと喰った。喰いながら、ひとりで笑ってしまった。

曲がおわり、清水明子はマイクを握ったまま、

「清水明子、このままメドレーでいきますっ」

と叫び、どっと拍手《はくしゅ》がおきた。

里伽子は１００メートルを全力疾走してきたような上気した顔で戻ってきて、席をゆずりかけたぼくの耳元で、

「ねえ、ちょっと出ない？」

と息をはずませて囁《ささや》いた。その声は、さっき飲んでいた桃のカクテルの甘い匂《にお》いがした。

ぼくはチーズおかきを嚙みくだきながら、里伽子といっしょにボックスを出た。出るときに気がついた。はじめは20人以上いたのに、もう何組か抜けているのだ。中にいるのは、ざっと見たところ13、14人に減っていた。

ぼくらは公園横をすぎて、電車通りをゆっくりと歩いた。

9時をまわったところで、ぜんぜん涼しくなかったけれど、それでも空気が乾いていて凌《しの》ぎやすかった。

歩きながら、ぼくはぼんやり、いい気分だった。

高知城のほうにいくのか、鏡川のほうにいくのか、まるで当てのないまま、ふたりでぶらぶらと歩いていると、高校時代に戻ったようだった。いや、高校のころ、こうやって歩きたかったんだなあという気がしてきた。

たぶん、ぼくはいろんなことにこだわっていて、けれど、やっぱり松野問題があったんだろう。単純なものだ。だが、そういうものだ。高校生のころって純情なものだ。

「清水さんがね、席替えとおなじよねえっていうのよ」

ぼんやりと、うわの空で相槌《あいづち》を打っていたせいか、ふと気がつくと、里伽子はわけのわからないことをいっていた。

「席替え?」

「うん、小学校のころ、嫌いなコがとなりの席になると、もう絶望しちゃって、学校にいきたくなることもあるじゃない。世界が狭いから、クラスの嫌いなコがそばにいると、キリキリしちゃうって。あんがい、塾《じゅく》とかピアノとか、学校以外の世界があると、嫌いなコのひとりやふたり、どうでもよくなるのにって」

「えーと、それはつまり、清水たちは、自分らの世界が狭かったと反省してるわけか。それで武藤にハンパツしちゃった、悪かったと」

「それはそうだけど。女はそう簡単じゃないわね。あたしも悪かったけど、あんたも相当、世界が狭かったわよと匂わせてたな、あれは」

「……ハハハ」

と笑うしかなくて、ぼくは笑った。里伽子も首をすくめて笑った。

笑いながら、ぼくはほろりとした。まあ、いいじゃないか。

里伽子が松野をひどい言葉で傷つけて振ったことに怒っていて、それでも里伽子が好きで、しかし、そればっかりは意地でも口にだせなかったぼくの世界も、相当、狭かったろうから。

気がつくと、ぼくらは県庁前にきていた。

そのうしろのほうに、ライトアップで浮かびあがった高知城がぼうっと闇《やみ》に浮かんでいた。あんなもの、ひとりで見ても電気のムダにしか思えんかったが、ふたりでいると、や

KATSUYA

っぱり綺麗や。ライトアップは、この夜のために用意されていたような気がした。

ぼくらはどちらからともなく立ちどまり、城をみあげた。ふと横をみると、里伽子もぽかんと口を半分あけて、見あげていた。その顔は間が抜けてみえるほど緊張感《きんちょうかん》がなくて、子どものように無防備だった。

「ねえ、一年以上もこの街にいたのに、お城、こんなふうに見たことなかったのよ、あたし。そういったら、松野くん、笑ってたけど」

里伽子はふいになにかを思いだしたのか、口のなかでふふふと思いだし笑いをした。松野の名まえが出て、ぼくは正直なところ、ぎくりとした。

「松野に会ったのか」

「うん。昨日、町中でバッタリ。そういえば杜崎くん、仲よかったでしょ」

「あ、まあな」

「東京の電話番号しらないっていうから、教えといたわよ」

「……電話番号?」

里伽子は、ぼくがどぎまぎしているのにもまるで気づくふうもなく、懐かしそうにタメ息をついた。

「昨日だけで、3、4人にあって、ビックリしたけど。松野くんに会えたのが、一番よかったわ」

ぼくは、わが故郷の街の狭さを感謝していいのか、呪《のろ》っていいのかわからないまま、うむ、とあやふやに唸った。

「予定なかったから、夕ご飯、いっしょに食べたのよ。車で、針木《はりぎ》の伯父《おじ》さんの家まで送ってもらったんだけど。初めてだろうからって、午後中ずっと、車で、あちこち連れまわってくれたの。桂浜とかね。あたし、桂浜もいったことないままだったから」

「そうか……」

「あの人、ほんとにいい人だわ。クラス会のこととか話したら、行ったほうがいいって。だれも気にしてないぞって。あたし、素直に謝れてよかったな」

「……へー、謝ったのか……」

「まあ、そんなのどうでもいいわ。あたし、こっち来て、よかった」

里伽子は独り言のように呟いた。だから、ぼくもそれ以上はなにも聞かず、黙っていた。

ただ、里伽子が二次会に出てきたのは、どうやら清水明子のおかげではないらしいというのだけはわかった。

それどころか、松野がぼくのアパートの電話番号を知ったのも、クラス会のことを知ったのも、情報源はウチの母親ではなくて、里伽子かもしれないとふと思った。邪推《じゃすい》といえば邪推だけれど、確率はかなり高そうだ。

それにしても、松野が里伽子を車であちこち連れまわったとは知らなかった。いい思いをしたわけだ。ぼくはなんとなく、弱みを握った！　という感じがして、ひとりでニヤけていた。

針木の伯父さんの家に、里伽子はタクシーで帰っていった。タクシーに乗るとき、ぼくにメモをくれて、

「一週間ほどいるから、誘ってね」

と当然のようにいった。メモには、伯父さんの家の電話番号らしきものが書いてあった。

最終バスに間に合ったので、ぼくはバスで帰った。

明日も勤めがある父親も母親も眠っていて、玄関と階段の電気だけがついていた。

階段をのぼって部屋にいくと、部屋のドアに、こぎたない弟の字の貼《は》り紙が、ガムテープで貼ってあった。

〈松野さんからTel。R・Mと会えたか、いひひだと。イヒヒと必ず書けだとよ。わけわからん。今夜2～3時まで、TelＯＫだと〉

ぼくはまったく、してやられたような、忌《い》ま忌ましいような楽しいような気持ちで、貼り紙をとって、部屋に入った。

窓をあけると、闇のむこうに土佐湾がひろがっていた。マンションの常夜灯のおかげで、夜の海がみえるのだ。

目を瞑《つむ》ってしばらくすると、耳が慣れて、海の音がきこえた。なつかしい海の音と匂いだ。ぼくはながいこと、窓ぎわに立って、ほのかに表面がかがやく夜の海を眺めていた。まるで受験勉強に疲れたときの夜みたいに。

あのころ、ぼくはいろんなことを考えていた。松野のことや、志望大に合格してにっくきカワムラの鼻をあかしてやるとか、きっと東京の大学生活は楽しいだろうとか、そこですごい美人に出会うかもしれない妄想《もうそう》とか。それに里伽子のことなんかも。

ぼくは何度か深呼吸して、今夜中に、なんとしても松野をからかっておくために、電話のある階下に、ゆっくりと降りていった。

あとがき

氷室冴子

これは1990年1月から、1991年12月まで『アニメージュ』で連載したものを単行本にまとめ、今回、文庫化するものです。

読み返して、さまざまなことを思い出しました。そのころ、世の中は好景気で賑やかで、めまぐるしく流行が変わり、男の子も女の子も洗練されていて、お洒落《しゃれ》でした。彼らの物語を書こうとしても洋服も小道具も、デートスポットも風景も、書き上げるころには全部が変わっているだろう。それは淋しいなと思っていました。

そんな頃に、友人とともに高知を訪ねたのはゴールデンウィークの五月ごろ。街中を歩いていて不思議だったのは、この風景には見覚えがある……という既視感《きしかん》でした。

北国育ちの私が、初めて訪れた南国の街なのに、どうしたのだろう。育った街を少し思いだす。でもたとえば、旅行にいった金沢の街なども思いだしてしまう。

気づいたのは、ふと空を見上げた時に、ビルで切り取られる空の広がり方が、札幌にも、金沢にも似ていることでした。繁華街のビルの高さが、人を威圧しないでいてくれる居心地のよさが似ていたのかもしれません。

　空の広がりが同じで、街中を歩く人々の速度も似ている。だから人に紛れて歩いていると、いつだったか旅した街、育った街、とうに知っている街のような懐かしさがある……。

　そんな小説を書いてみたいと思いました。


　だれもが、これは知っている話だ、経験したことがある、こんな感情を知っているという既視感とともに、懐かしさに包まれて読むような物語。書き上げた頃にも風景が変わらず、その風景の中にいる人物もそんなに急激には古びないでいてくれる物語——

　イメージはだから最初に風景ありき、街ありきでした。インスピレーションを与えてくれた高知の街と、言葉などでお世話になった古川佳代子さんに感謝します。また、打ち合わせの資料用メモをもとに、これしかないという里伽子のデッサンを描いてくれたイラストレーターの近藤勝也さんにも最大級の感謝を。

　懐かしさとともに新鮮に読んでいただければ幸いです。

１９９９年５月

解　説

酒井若菜

「海がきこえる、です」。

　１９９６年。

東京のどこか。

オーディション会場でそう言ったことを今でもよく憶《おぼ》えている。

胸を張って、少し自慢げにそう言った。

私自身の15才の記憶である。

たしか、最近観てよかったテレビドラマ、もしくは、どんな作品に出演したいか、と聞かれての答えだった。

　１９９５年の年末に放送されたそのドラマを、私は芸能界に入る直前に観た。

元々ジブリ作品が好きだった私。

『海がきこえる』がテレビドラマとして実写化されると知ったときから放送を楽しみにしていた。声優としてでも実写でもなんでもいいから、ジブリ作品に出演してみたい。それが当時から現在に至《いた》るまで変わらぬ私の夢だ。

ジブリ作品にも原作がある、と知ったのもまた『海がきこえる』が初めてだったように思う。

ドラマバージョンも、ジブリ制作のアニメーションバージョンも、当時10代半ばだった私には、大人びた世界観に見えた。登場人物たちの見た目も話し方もシャンとしていて、違和感すら覚えたくらいだ。しかしなぜだか、ストーリーをまったく記憶していない。一体なぜだろう。

私が高校生だったのは、もう20年以上も前。

40代をひた走る今の私の目に、彼らはどんな風に映るのだろう。20年以上をかけて起きた、私自身の変化、あるいは成長を確かめたくなった。

ドラマもアニメーションも当時観ていたが、今回初めて原作を読んでみた。再会のような出会いのような、不思議な体験だった。眩《まぶ》しかった。美しかった。尊かった。そして、予想に反して胸が苦しかった。

『海がきこえる』というタイトルの美しさにうっとりした。このタイトルだけで、舞台が想像ができる。都会ではなく、どこか地方の田舎なのだろう。あぁ、そうだったかもしれない。現在と過去を結ぶ糸が反応し、少し揺れた気がした。

なぜストーリーを憶えていなかったかもよく分かった。ジブリにはいつもファンタジーを求めていた。身に覚えのない話と言ってもいいだろう。いつだって知らない世界に連れて行ってくれるジブリが好きだった。私がナウシカなら、シータなら、と妄想したあげく、ひょっとするとあれは私かもしれないとまで勘違いさせてくれた。その点『海がきこえる』は、当時の私にとって身に覚えがあり過ぎた。思春期に起こりがちな家庭の問題、学校という閉じた世界で育まれる協調性、ジレンマ。女子同士の言い合い、嫉妬《しっと》。男子との恋愛、虚勢。母性や慈しみに溢《あふ》れたナウシカやシータからは感じられなかったあれこれ。世界を変えたり、雲の中に飛び込むことなど当然できず、半径の狭《せま》い世界で自分のことばかり考え、くよくよと絶望する。ちっとも凛とできない現実の若者。自分なりに頑張ってはみるけれど、どうも正義自体もはっきりしない。そんなこの作品のリアリティが受け止めきれなかったのだ。大人になった私が初めて原作を読んで涙を滲《にじ》ませてしまったのは、先入観をすっかり失くしていたからに違いない。

年齢とともに、自分以外のことを考えなければいけなくなるし、自分はナウシカやシータではなかったということもとっくに理解できるようになってくる。果敢に立ち向かうことは素敵だけれど、ぐっと言葉を飲みこんだり、そうですねぇと空気を読んで合わせることも覚えてくる。それは選択肢が増えたというだけの話なのに、なぜか何か大切な感性を失くしたようで不安になる。そんな時は、大人になった今でもジブリ作品で現実逃避をしつつ、童心を取り戻す。ファンタジーはファンタジーで楽しんで、その後、節約ご飯を作って、温泉風の入浴剤を入れたお風呂に入って、スキンケアをしながら明日起きたらシミやシワがなくなってたりしないかな、と鏡を見ながらため息をついて、明日の仕事の予習をして寝る。この作品のヒロインは私かもしれない、と期待することなどすっかりなくなった。それはそれ。現実は現実。ところがどうだろう。『海がきこえる』には、既に『海がきこえるⅡ　アイがあるから』という続編があるが、さらにその後の展開もあるのではないかと思ってしまう。ヒロインである彼女の更なる新章があるのなら、それは、私自身の今の暮らしそのものだろう。ご飯を食べてお風呂に入ってスキンケアして予習して寝る。それが彼女の「その後」だ。そう思える作品と今あらためて出会えたことが嬉《うれ》しい。あの頃の私と、今の私を繋《つな》ぐ糸をあっさりと手元まで手繰り寄せることができた。

大人が思うより、ずっと理解している。ずっと我慢している。ずっと戦っている。ずっと無邪気なふりをしている。けれど、まだコントロールする術《すべ》を知らない。

「お金かしてくれない？」そう言った彼女の覚悟。１人で東京に行くことはできない幼さ。東京の街を歩く意気揚々《ようよう》とした足取り。噴き出すように泣く彼女。

「あたし、かわいそうね」とふらふら歩き腰をおろし、コークハイを飲みながらまた泣く彼女。

ピョンピョン跳ねるように歩く彼女。すたすた歩いて振り返らない彼女。

彼女の歩き方が多く描写されているのもこの作品の特徴だろう。無意識的に心情が反映されてしまう歩き方は、彼女の純粋さと同時に残酷さも表している。

必死。決死。そんな雰囲気を漂わせる、均衡の取れない彼女の不安定さは、胸が痛くなるが応援したくなる。あらゆる不安、緊張、怒り、寂しさ、理不尽さ。そして理性。そんなものたちの均衡が保たれる直前の練習期間。これが青春の正体なのかもしれない。私も経験したことだ。

やっぱり少し、大人っぽいような気がする。しかし。たしかにあの頃の私は、大人は子供をなめすぎだと感じていたし、大人が思うほど私たちはバカじゃないとも感じていた。氷室冴子さんは、若者たちのそんな想いを汲み取るかのように、誠実に若者たちの心を代弁してくれている。

だからこそ、少女漫画を卒業するかしないかの年齢にこの作品と出会ってしまったことが、当時の私には怖かったのだろう。

その点、「ぼく」の目線で物語が進行していくことが救いになる。「ぼく」にはこう見えた（それこそ歩き方から推察する彼女の感情の起伏など）、という描き方は、氷室さんの優しさに感じる。すっかり大人になってしまった私。若者たちの拙い言動に歯痒《はがゆ》さを感じながらも、激しく共感する。どうにもできないこともあるね、と「ぼく」や彼女を慰めてあげたい。そしてやっぱり思うのだ。私ったら、大人になっても忘れてないんだな、と。私自身のことを忘れてないんだな、と。

いつか私も経験するのだろう、と胸をときめかせていたあの頃。いつか私も経験したことあったな、と瞼《まぶた》の裏側に映されるあれこれに胸がキュッとする今。

素晴らしい作品は、今の希望になったり、過去の想い出になったり、今と過去を繋ぐ糸を手繰り寄せてくれたり、読む人のタイミングによって映し方を変えるものだとつくづく思う。


「海がきこえる、です」。

２０２２年。

東京のどこか。

すっかり馴染んだ都会の自宅でそう呟《つぶや》いてみる。

胸を張って、少し自慢げにそう呟いてみる。

私自身の41才の今夜初めてつくる記憶である。

最近読んでよかった小説、もしくは、どんな作品を書いてみたいか、と自問しての答えだ。

２０２２年の春に解説を依頼されたその小説を、私は芸能界に入って26年経った今夜、初めて読んだ。

大人の心にこそ響く作品だった。

２０２２年５月

本書は1999年6月に刊行された徳間文庫『海がきこえる』の新装版です。なお、本作品はフィクションであり実在の個人・団体などとは一切関係がありません。

徳間文庫

海《うみ》がきこえる

〈新装版〉

2022年7月15日 初刷
2024年5月31日 5刷

著者 氷《ひ》室《むろ》冴《さえ》子《こ》

発行者 小宮英行
発行所 株式会社徳間書店
東京都品川区上大崎三-一-一
目黒セントラルスクエア 〒141-8202
電話 編集〇三(五四〇三)四三四九
販売〇四九(二九三)五五二一
振替 〇〇一四〇-〇-四四三九二
印刷 大日本印刷株式会社
製本

ISBN978-4-19-894759-0 (乱丁、落丁本はお取りかえいたします)